夕奈川線

中村勲
Nakamura Isao

風詠社

目次

多奈川線

1 深日町駅《ふけちょう》 7
2 謎のトンネル 9
3 ガイア塾 16
4 薫風 19
5 偶然と出会い 32
6 深日港駅とフォンターナ 40
7 夢の中でも人は成長する 48
8 プレゼン大会への挑戦 55
9 祭り 63
10 窓に映るきみ 67
11 和歌山のU塾 71
12 制御できないパワー 74
13 岬まちづくりコンテスト 77
14 軍需工場で始まった授業 95
15 衝撃 102
16 独演会 104
17 負の体験 111

18 バケツリレー 118
19 月明かりの教室 120
20 勇敢な犬 125
21 お燈《とう》まつり 128
22 古代豪族紀氏《きし》の末裔《まつえい》 134
23 斑鳩《いかるが》と平群《へぐり》 139
24 五世紀の市《いち》 144
25 大クスノキの樹上で 147
26 淡輪から木ノ本へ 157
27 金の勾玉《まがたま》 170
28 特別な一日 174
29 多奈川駅 176
引用文献、注釈 184

表紙画　中村多喜子
装幀　２ＤＡＹ

1　深日町駅《ふけちょう》

赤茶けた鉄橋に続く深日《ふけ》町駅の高架は、三連のアーチでできている。この高架はコンクリートでつくられており、雨水が浸みこんだ壁面は、苔むしている。駅舎は真ん中のアーチの横に建っていて、今は無人駅だ。

改札口を通り、長い階段を上がる。階段の外に緩やかなスロープがあるのを知っている人は少ないだろう。そこには、かつてレモンの木が植えられていたが、今はもうない。上まで続いているので、以前、資材などを搬送するのに使用されたのかもしれない。階段の途中から、瓦屋根が見え、視界が少しずつ広がる。深日の町並みが一望でき、その向こうに大阪湾が見えると、プラットホームだ。今日の淡路島はうっすら霞がかかり、いつもより遠くにあるように見える。海は濃い藍色だ。南海電鉄で海と淡路島がはっきり見える駅はここだけであろう。プラットホームを歩いてベンチに座る。目の前に見える宝樹寺《ほうじゅじ》のソメイヨシノは五分咲き。線路をはさんだ向かいには、雑草が茂るプラットホームがある。使われたことがないらしい。終戦の三年前、多奈川に軍需工場として川崎重工業が操業を開始した。その二年後、労働者や資材の輸送手段として多奈川線が敷設され、当時は複線の計画だったために、二つのプラットホームができたと聞いている。多奈川線の車両は二両編成で、多奈川駅とみさき公園駅を往復している。以前、朝の通勤通学の時はラッシュで、すし詰めだったらしい。

ガタンゴトン　ガタンゴトン

多奈川線が上ってくる。まるで海からやって来たような装いで、プラットホームに静かに止まる。降りる人はいない。乗るのは僕とおばさんと詰襟の制服を着た高校生の三人だけ。電車は春の陽を浴びた緑のトンネルをくぐり抜ける。樹々の葉っぱがきらきら光り、右に流れて行く。その向こうに見える山々には山桜の薄いピンクが灯っている。

本線に合流するとすぐにみさき公園駅に着く。ヨットの帆を模した駅舎を下りると、僕はコンビニで弁当を買い、西陵《さいりょう》古墳に向かった。田んぼの中をなだらかな下り坂が続く。ここからは大阪湾が一望できる。紀氏《きし》にとっては、明石海峡や紀淡海峡の制海権を独占する上でこの地は有利な立地だったのかもしれない。そんな話をその時もしたような気がする。工事中の明石海峡大橋の二つの主塔が薄ら見える。突然、生温かい風が頬《ほほ》にあたり通り過ぎて行った。一瞬立ち止まった。それから、あの時のようにS字型にくねった畦道《あぜみち》を歩き、古墳の入り口に向かった。

僕は驚いた。ここにも椿の花が咲いている。あの時は秋だったせいか、ここに椿の木があるのに全く気付かなかった。厚い深緑の葉っぱの先に、黄色いおしべを包んだ赤い花が僕を見つめている。その一枝を両手で握りしめた。この一年、忘れようと何度も思ったのに忘れられなかった。君は一体、どこへ行ったんだ。今、どこにいるんだ。視線を左にやると、いつもは閉じられている鉄柵が少し開いていた。何かに引き込まれるように古墳の中に入っていった。

2　謎のトンネル

僕の名前は畑野猛《はたのたける》。僕には友達がいる。その一人が南大地だ。彼は多奈川の「港」地区に住んでいる。新学期が始まる前日で、まだ春休みの時のことだった。戦時中に造られた防空壕のようなトンネルに入ろうということになった。入り口付近は、葉っぱや草でおおわれている。岩肌はゴツゴツしているが、よく見ると一部が崩れている。開口部は木の柵で閉じられているが、腐朽していてぼろぼろになっている。ところどころはずれていて、人一人が通れる隙間があり、そこから入ろうというのだ。

「大丈夫か？　崩れへんか？　いくらなんでも怖いで。生き埋めになるんとちがうか？」

「大丈夫や。以前はだれもが入れたんや」

自信に満ちた南大地の顔を見ても、「ハー」と言った僕らの口は開いたままだった。


その日は、中学一年生の同じクラスの男女六人が集まって、みさき公園でお花見をした。男子は僕と南と、ひょうきんで面倒見のいい北出とクラス委員をしていた優等生の丹中《たんなか》、そして女子は桜と恵。この日は、自分で作った弁当を持って来よう、ということになっていた。駅前の噴水の近くで桜を見ながら、僕らは弁当を食べ、春休みの最後を満喫していた。

「みんなに唐揚げつくってきたよ。食べて」気のいい桜はみんなに好かれていた。

「猛君、まだ残ってるからもっと食べて」

「おいおい、猛だけかよ。俺らも、もっとほしいんやでェ」と北出がすねると、

「北出君、玉子焼きやったらたくさんつくったから、食べてくれたらいいで」と恵が差し出す。

「おう、サンキュウ。実は俺、玉子焼き大好物なんよ」

「おまえ、ほんまに食いしん坊やな」

北出の存在は大きい。みんながどこかにもっている欲望をすすんで発露するからみんなに受け入れられ、場が盛り上がるのだ。一方、丹中は自身の欲望を大げさにさらけ出すのは苦手だが、今の状況を俯瞰することができる数少ない一人だ。

「二年になってもみんな同じクラスやったらいいのにな」と丹中が口を開く。

「ほんまやでな。あした楽しみやな」

淡輪に住んでいる桜と恵と別れ、僕らは自転車でみさき公園の中を通り、海岸線に出た。それから、海岸線を突っ走った。海は青く、淡路島や六甲の山並みがはっきりと見える。潮が引いて、波打ち際が沖の方にあり、アオサが波打ち際辺りをおおっている。緑の絨毯を敷いたみたいだ。水面にはワカメの茎だろう。まるで小さな茶色い恐竜が水面から顔を出したり、もぐったりしているように見える。帽子をかぶった老婦人がアサリをとっている。潮の香りをたっぷり吸いこみ、僕らはみんな自転車のペダルを勢いよくこいだ。大川新橋を渡って、解散する予定だったが、南の誘いで多奈川の「港」まで遊びに行くようになった。

深日港駅を通り過ぎ、さらに多奈川駅を越え、関電の火力発電所横の坂を上った。そして、峠から小さな山に挟まれた暗い下り坂を僕らは下りていった。風は、頬を冷たくたたき、通り過ぎていく。トンネルの入り口は坂道を下って右折するとすぐにあった。

僕らは自転車を止めた。まだ三時前なのに辺りは薄暗い。人通りが少なそうな道に佇み、この南の提案に危うさを感じていた。一方、心の中で何かが頭をもたげているのがわかった。それは、やはり好奇心だったのだろう。怖いのに虚勢をはったのも事実だ。僕らはもう子供ではない。そんな中学生特有の背伸びする気持ちもあったはずだ。

木の柵も朽ちていて用をなしていない。だれも管理をしていないようだ。開口部はやや傾いた厚い砂岩層とぼろぼろになった泥岩層に囲まれている。僕らはお互い不安を覚えながらトンネルの中に足を踏み入れた。四人が十分通れる大きさの穴である。南は懐中電灯を照らして先頭になって前へ進んで行く。

「あいつ、怖いもん知らずやで」と北出は後でささやく。足もとは岩石が落ちていてでこぼこで、左右の壁の一部は濡れている。入り口からもう三〇メートルほど進んだところで、間口が小さくなっていた。振り返ると入り口も小さくなっている。

突然「もうこのぐらいでやめとこよ」と丹中が言い出した。穴の直径も小さくなり、その上、下部が起伏していて、前へ進むためにはそこを越えなければならないのだ。

「もうここまで来たら、俺ら最高やで。だれもここまで来たもんはおれへんで」丹中は怖くなったらしい。

「おまえ、気ィちっさいの」と北出は言う。

「なに言うてんのや。おまえも怖がってるやんか」

「怖がってへんわ」

丹中の言うことは正しい。もっと慎重にならなければならない。身の危険を感じながらも、好奇心とへんな肝試しに僕らは「正しさ」を超えていく。

「丹中の言うこともわかるんやけど……　いややったら悪いけど、入口で待っといて」と僕は言ったのだが、北出は、

「ほんまに気ィちっさい奴や」と、またもや繰り返す。

間口が小さくなった所を越えなければならない。どこまで続いているのだろう。行く手は真っ暗だ。懐中電灯の明かりが届かない。丹中にそうは言ったものの少し怖くなってきた。

「ちょっとやばないか？」と南大地に聞くと彼は、

「大丈夫、もうすぐやと思うで」

「最後まで行ったことあるん？」

「ないけど、心配さあんでええよ」

南の自信はどこからくるんだろう。僕が少し弱気なことを言ったせいか、あれだけびびっていた丹中も、

「しょうがないな。ここまで来たんやから俺も行くわ」と言ってトンネルの奥の方を向いた。

先ほどの態度はなんやったんやろと思ったが、正直、三人より四人の方が心強い。足もとが、さらにでこぼこになって歩きにくくなった。壁もゴツゴツしている。頭があたりそうで中腰で前に進む。

バタバタバタ
「なんや？　俺の頬の近くを何かが飛んでいったぞ。コウモリか？　不気味やな！」

今度は北出がこわがりだした。

「南君、まだ行くん？」

「やかましわ。ちょっと静かにせェ」

冷静な南大地には珍しく感情的だ。みんなを強引に連れてきた立場もあるのだろう。しかし、彼が感情的になったら、だれも文句を言うことができない。彼は上級生にも一目置かれている存在なのだ。ちょっとやんちゃな北出もたじたじだ。

「戦争中、このトンネルを海まで通して軍事用物資を運ぶ計画があったそうやで。トンネルの向こうには潜水艦つくるドックと呼ばれるところがあったんや。でも戦争が終わって工事も中止になったんや。ほやから、ここは戦時中のにおいがするそうやで」

「気味が悪いのォ。戦争の真只中にタイムスリップしたみたいやのォ」

確かにその当時のにおいがする。入り口付近のにおいと違う。空気は完全に入れ替わっていない。暗闇は時空を超え、この息をしている今がまさに戦争中のように思えてくる。当時の人達は一体どんな気持ちでこのトンネルを掘っていたのだろう。己《おの》が未来がこのトンネルの先にあると考えて、この岩盤を砕いていたのだろうか。いや、とてもそんな感じはしない。悲壮感がこの暗闇をおおっている。この先には未来はない。もういい。早く出よう。

「おお、ここで終わりやぞ。ここまで掘ったんや。何か字、書いてるみたいやけど」

北出は歓声をあげる。ライトで照らすがあまりはっきりわからない。

「俺らは最後まで来たんや。やったね」

達成感があったのは確かだが、なぜか哀しい気持ちになった。早く出よう。すると、

「だれかが叫んでるで」

丹中が外からの声をキャッチした。

「大人の声みたいやけど。もしかしたら俺らに叫んでるんちゃう」

「やばいな、だれかに気付かれたかもしれんな」

南大地はそんな時も冷静だった。僕らは帰りも彼の後に続き、入り口へとゆっくり戻った。


翌日、岬中学校の新学期が始まった。僕らは二年生になった。予想通り、四人は職員室に呼ばれ、叱責された。生徒指導担当の英語の先生が頭ごなしに追及してきた。

「だれが、最初にトンネルに入ろうと言ったんや」

だれも黙っている。

「そんなら、一人ひとり聞くわな。畑野、どうやったんや」

なんで僕から先に聞くんやと思ったが、しかたがない。

「その前を通ったら、この防空壕、長そうやでな。いっぺん入ってみよかと言ってみんなで入りました」

北出も「そんな感じ」と同調する。

丹中もそう言うだろうと思ったところが、黙ったままだ。すると、丹中の様子がおかしいと察知したのか、南大地はすかさず口を開いた。

「先生、実は俺がみんなを強引に誘ったんです。みんなは、『やばい』って言ったんやけど、俺が『大丈夫や』と言ってみんなで入りました。すみませんでした」

その通りだったが、南に悪いなと思った。彼は責任を一人背負った感じだった。職員室を出たあと、みんな黙って歩いた。それぞれ教室に戻る時、僕らは無口で別れた。丹中は一人二階の教室に向かった。後ろ姿が寂しかった。二年生のクラス替えで丹中だけ別のクラスになった。彼は四組で二階、僕らは二組で、三階だった。三階に着くやいなや、北出は言った。

「あいつ、黙ってたけど、ほんまのこと言おうとしてたで」

しかし、南と僕は黙っていた。

3　ガイア塾

僕は深日《ふけ》「向出《むかいで》」にあるガイア塾に通っている。ガイアは「生命体としての地球」という意味らしい。ガイア塾の村藤先生は、なぜガイア塾と名付けたのか、その理由の一つとして、「人間も地球の構成員やから、理科だけでなく、人間の内面を研究する文学や心理学も、地球を研究することに、つながるんや」と、よく塾生に話される。

　今日の村藤先生は、何か葉っぱのついた小枝を教室に持ってきて、塾生に見せた。

「この葉っぱ、コナラという落葉樹の葉っぱやけど、よく見てみ。何かついているやろ」と言うと、

「赤っぽいもんが見えるけど。それ果実?」と僕は言った。

「そやな、何か小さな桃みたいやでな。でもな、コナラの果実はドングリやねん」

「先生、ほたら、それ何なん?」と別の男の子もたずねる。

　その時、四月から入塾した女の子が、

「今、何の授業ですか?」と、質問した。この女の子は成績が良いと聞いているが、性格もはっきりしてそうだ。

「入塾時の面接で、言わなかったかもしれんな。今、説明するな。ガイア塾では、みんなのためになる情報や話をな、長くて十分ほどやけど話をする時があるんや。ガイアタイムと言うんやけど、承知しといてな」

「わかりました」と彼女は納得した。不足を言うのかと思ったが、意外と素直であった。

　村藤先生は、再び話を続けた。

「この小さな桃みたいなもん、何か、わかれへんやろ。先生もわかれへん。ほやから、どうし

たと思う?」

「調べたんやろ」と先ほどの男の子が言った。

「そやな。調べるもん、あったら調べるんやけど、なくてな。それで、知ってそうな人にこれを見てもらったんや」

「へー。そんな人いてたん」と僕は言った。

「教育委員会の中里さんは、岬町の自然のことやったら何でも知っていると聞いてたんで、このコナラを見てもらったんや。そしたら、すぐ教えてくれたんや。何やと思う?」

「……」

「『虫《ちゅう》えい』やて。『虫えい』って言われても、わかれへんやろ。虫こぶのことや。タマバチがコナラの組織に卵を産んだらこんな桃みたいな虫こぶができるんやて」

「最初、食べられるかな、と思ったけど、食べられへんみたい」と僕は言った。

「ほんまやな。食べられへんやろな。でも、自然って、奥深いやろ。先生としてはそれをみんなに知ってもらいたかったんや」と笑顔を見せた。それから、宿題の点検が始まった。宿題を全部前に持っていき、ハンコを押してもらうのだ。

村藤先生は、いろいろ教えてくれる。僕の家が代々「神道」の家で、僕が岬町の歴史に興味があると知ると、

「畑野、今の国玉神社の本殿はな、岬中学校と北磯の間にある浜山に、かつて鎮座していた賀

茂神社の本殿を遷したものらしいで」と教えてくれたこともある。

4　薫風

僕は五月が一番好きだ。若草色から青々とたくましく成長していく樹々を見ると。その風景が自身と重なり合って、僕も成長していると感じられるからだ。教室の窓から青空に浮かぶ雲を見ながら、自身の未来を夢見た。幸せだった。

キンコンカンコーン　キンコンカンコーン

キンコンカンコーン　キンコンカンコーン

昼休憩の終わりを知らせるチャイムが鳴り、五時間目の社会の授業が始まった。

「起立！」

「礼！」

僕が着席しようとしたその時だ。

「畑野、その礼の仕方はなんだ！」

先生はいきなり僕を叱った。いつもと同じようにしたつもりだが、礼をちゃんとしなかったらしい。あまり意識せず窓から見える海を見ながら礼らしきものをしたのかもしれない。それだけなら、「すみません」と謝ればすんでいたのだが、先生はたたみかけるように、

「おまえ、挨拶はなんでする必要があると思う?」と迫った。

あまりの突然の問いに、僕は答えられずにいた。すると先生は、

「畑野、今から職員室へ行って先生に聞いてきなさい」と言った。

「えっ、職員室?」

僕はびっくりした。

なんで、職員室に行かなあかんのや。

この非常事態に茫然とするしかなかった。細身で、頬がこけている先生はいつも黒板にチョークできれいに書く。それを教室の後ろに立ってよく眺めていた。点検なのか自ら書いた板書のでき具合を確認していた。そんな先生だった。今回のことだが、その遠因はわかっている。定期テストに比べ実力テストの点数がかなり悪かったからだ。「文化」の分野が多く出て、その個所が覚えきれていなかったことは自覚している。

その時も、

「一夜漬けの勉強はだめだぞ。すぐ忘れるからな」と先生は不機嫌そうだった。

教室は静まりかえっていた。僕は黙って教室の後ろの戸から廊下に出る。コンクリートの冷

気が僕を襲う。三階からゆっくり階段を下りる。頭の中が混乱して、今何が起こっているか整理できない。かっこ悪いな。このまま職員室に行ったら、従順な羊のような人間になってしまいそう。いっそ、芝生で寝ころんでいよう。どんなに怒られてもいい。ちっぽけだけど、僕にもプライドがある。選択が迫られる。そういえば、こんな追いつめられた感覚は以前にも経験したことがある。

小四の秋のことだ。一級上の男の子と「池谷」の奥にある南條池のほうに遊びに行った。そこから山に登り、帰ることにした。彼はよく嘘をつくと言われていたが、僕はつかれたことがない。だけど、性格がひねくれていた。

「遊ぼ」と誘われたので、あまり気乗りしなかったが、断る理由もなかったので遊ぶことにした。以前、同級生に教えてもらった山道が、おもしろいと思っていたので、そのルートを今日は行こうと思った。

カンカン照りで、僕らは喉が渇いていた。

「もう少し行ったら防空壕のような洞穴があってな、そこに水があったで。飲める水かどうかわかれへんけど顔は洗えるで。涼しいしな」

「ほんなら、そこへ行こか」

しかし、行けども、行けども、洞穴のある道がわからない。僕はあせっていた。彼の表情はしだいにこわばってきた。

「まだか」

「ちょっと待ってよ。もうちょっと行けば見つかるはずやから」

するとヽ
「嘘やろ。防空壕のような洞穴なんか、ないんやろ」と怒りをあらわにした。

「嘘ついてるかァ」と言って、僕は彼をにらみ返した。

そうは言っても一回行っただけやからはっきりしない。道を見つける自信がだんだんなくなっていく。そうこうしているうちに最後に下山する谷が迫っていた。彼は僕を追い詰める。僕は黙っていた。否定するも自信がない。谷に向かって下りる時、僕はここから逃れたかった。この場から消えてしまいたかった。こんな思いは生まれて初めてだ。

「やっぱり、嘘やったんやな」

この上級生は僕をののしった。

あの日の下山する場面が甦ってくる。でも、あの時と違う。この場から消えてしまいたいとまでは思わない。選択は僕にゆだねられているのだ。今、僕は階段を下りている。どうしようか。もし授業をボイコットすれば先生は血相を変えて怒るだろう。怒られた時どう反論しようか。……どうだっていい。校舎横の芝生の斜面に行こう。いっそ学校を出て海岸線に行こうか。そのあとどうするんだ。家に帰れば学校から連絡がくる。親も血相を変える。僕はその道の先は登校拒否しかないな。そこまで意地をはって、自分の人生を狭める問題だろうか。人生をかけた闘いだろうか。

　一階に下りると足は別棟にある職員室に向かっていた。渡り廊下を渡り、職員室の扉を開ける。その時の僕の心境をだれが想像できるだろうか。職員室は静まりかえっていた。先生が五、六人いたような気がする。一年生の時の国語の先生がいた。生真面目な顔をして、突然、ぎこちない質問をする僕に先生は唖然としていた。しばらく考えてから
「そうね、お互い気持ちよく授業ができるためかしらね。でも、どうしたの？」

　僕は何も答えられなかった。

「ありがとうございました」と言って職員室を出た。

　急に唐突でおかしな質問をするので、職員室の先生たちは一斉にこちらに視線を向けていた。このことが先生たちの間で、きっと話題にのぼるだろう。僕は恥ずかしい気持ちと従順さを演じざるをえない境遇が悔しく、うらめしかった。これから教室に帰らなければならない。職員室に来た以上、教室に戻るしか道はなかった。

　先生は、僕のためだと思ってこのような指導に踏み切ったのではない。僕が先生の期待するほどの成績が取れていないことへのいらだちからだ。挨拶は生徒にとって毎日多くて十二回以上しなければならない。「起立」「礼」の繰り返しが続く。この挨拶に心を込めて毎回できるだろうか。気持ちよく授業が始められるのは先生だけではないか。

　一瞬の判断は感情が決定する。そこには想像力がはたらかない。この指導で生徒の人生が変

わることになると、なぜ想像できないのだろうか。先生が挨拶の意義をその時教えてくれれば僕も救われたかもしれないし、教室のクラスの生徒への教育にもなっただろう。なぜ先生はこんな仕打ちをしなければならないほどいらだっているのだ。成績というのはいくら先生が上手に授業しても伸びるかどうかはわからない。特に社会科は覚えなければならない科目である。先生の期待に応えられないからってこの指導はないだろう。この瞬間の判断は先生の心の狭さと不安定さに起因する。その解消法として僕は犠牲になったのだ。

人の言いなりにはならない。たとえそれが先生であっても納得できなければ言いなりにならない。そう誓ったはずだ。それなのに、今回も教師の言う通りにしている。先生に反発するだけの根拠が浮かんでこなかった。僕にとって、ある時まで教師は絶対的な存在だった。先生のすることはみんな正しくて、言うことを聞かなければならないと思っていた。ところが、ある時その固定観念は見事に打ち破られた。

小学校の五年生の時だ。担任は勉強に熱心だった。放課後も残し、プリント学習をさせる熱心な男の先生だった。小学校の担任は、ほとんどの科目を一人で教えることができるので、先生の個性が発揮でき、先生の授業は新聞に載ったこともある。しかし、独裁者である側面もあったのだ。ある時、先生は、

「自宅に帰っても外で遊んではいけない。外で遊んでいるクラスの生徒を見たら先生に言いなさい」

要するに密告を命じたのだ。僕は自宅の前の小道を歩いていただけで同じクラスの男の子に「遊んでる！」と指摘されて先生に告げられた。

僕もその男の子がそろばんの授業を終わったあと遊んでいる姿を見て、「おまえも遊んでるやないか」と言って次の日に先生に告げた。

僕らは放課後に漢字を書かされた。その後はいつのまにか先生は「遊ぶな」とも言わないし、そのことに関して何も言わないから命令は解除されたようだ。親からのクレームがあったのかもしれない。しかし、僕の心は先生に告げた自身の罪深さに苦しむことになる。良心の呵責《かしゃく》にさいなまれる。いくらなんでも先生の方針は無茶だ。間違っている。その時、教師も間違った指導をし、してはいけないことをするとわかってしまったのだ。

教室に足を向けなければならない。この境地を何とか切り抜け、崩れかけたプライドを取り戻さなければならない。そのためにはどうすればいいか、今考えなければならない。しかし、いくら考えてもいい案が浮かんでこない。このままでは教室には帰れない。一旦決めたことだ。それを放棄して授業をボイコットすればどうなる？　それは僕にとっては逃げでしかない。それなら、教室を出た後、職員室に行かず芝生で寝てればよかったのだ。考えが決まらない。僕は階段を上りはじめた。足が重い。階段の手すりは冷たく硬い。ついに三階に到着してしまった。静かだ。長い三階の廊下にはだれもいない。僕は黒板のある前の戸から教室に入った。教室は静まりかえっていた。先生は黒板の前に立っておらず、窓辺にいた。僕は先生に声をかけられる前に、教壇に上がり、みんなと面した。

「挨拶はなぜ必要か聞いてきました。挨拶は先生と生徒のお互いが気持よく授業ができるためにするのだ、と教えてくれました。だから、みんなも僕のように挨拶を軽く考えないで……」

ここで言葉がつまってしまった。口が震えてくる。やばい、涙腺がゆるんできた。

「きちっとやってください」

一気に言わざるをえなかった。プライドを取り戻すどころか、みじめなところをみんなに見せてしまったのではないか、僕は意気消沈した。実際、クラスのある男は、

「泣きそうになってたな」と僕に視線を向けずに言って立ち去った。

桜はだれから聞いたか知らないが、

「大丈夫？　あの先生やりすぎよ」

「心配してくれたんやな。ありがとう。でも大丈夫」

南大地はそのことには触れなかった。憂鬱な時間が続いた。


クラブを休み、家に帰ろうと、体育館横の道を一人で歩いていた。前を向かず、地面を見ながら歩いていた。ちょうどヤマモモの木の下にさしかかった時、僕の斜め前を歩いている人のむこうから人影が大急ぎでこちらの方に駈けてきた。擦れ違い様に僕の腕に相手の肩が触れ、僕はよろめきそうになった。五月の風が吹いていた。甘いミルクのにおいとレモンの香りがし

た。やわらかな肌の感触がぬくもりと共に伝わってきた。一瞬彼女の瞳が目に入った。

「ごめん」と言って彼女は通り過ぎて行った。振り向くと、トレーニングシャツの後ろ姿が帰宅する制服の群れの中に消えようとしていた。彼女は薫風の中を駆け抜けていった。


僕は、まっすぐ家に帰らず、運動場沿いの道を通って、海の方に向かった。金乗寺《こんじょうじ》のイチョウの葉が青々と勢いづいている。僕は漁船が係留《けいりゅう》されている漁港沿いを歩いて「南出《みなみで》」の波止に向かった。顔なじみの漁師のターヤンが漁網のもつれをほどいている。明日の漁の準備をしているようだった。僕は知らんふりして前を通り過ぎようとしたが、

「猛《たける》!」

大きな声で呼び止められた。

「ああ、おいやん」

「どこへ行くんな?」

「国語の宿題で海を観察さあなあかんのよ。今日は夕焼けがきれいそうやから」

「めっぽかいな宿題やの。せェでェ、ええ文書くんやで」

「おいやん、今何とれてるん?」

「タチオ(※1)や、銀色のまさに太刀やな。きれいやし、食べても、うまいしな」

「そうなん」

小麦色にやけた顔に灰色の口髭がよく似合う、精悍なターヤンは祖父と同級生だ。いつも声をかけてくれて、かわいがってくれる。

「じいやん、どうしてんの?」

「毎日、自転車屋のヤッサンと碁ばっかり打ってるわ」

「やっぱりの」

「おいやん、もう行くわ」

「あいよ。じいやんに、よろしくな」

ターヤンに声をかけられて、初めて気付いたのだが、桜に言ったきり、一度も言葉を発していなかった。大川河口沿いの波止をまっすぐ沖の方に進み、途中から右に曲がり突端に向かう。僕は波止に腰をおろしテトラポットの上に足を置き、淡路島の方に視線を向けた。海は穏やかで、西に傾いた陽が水面に反射して眩しい。クラブの時間をここで過ごそう。僕はかばんを枕にして、今度は足を東に向けて寝ころんだ。飯盛山《いいもりさん》の上に雲が浮かんでいる。トンビが二羽ピーヒョロロ　ピーヒョロロと啼いて頭上高く旋回している。突然、その一羽が急下降して向こうの波止のすぐ横をかすめて突起部にとまった。そして体の前後を入れ替え、こちらを凝視した。僕は体を起こし、トンビと対峙した。しかし、物言わぬトンビに語る元気はなかった。再び、寝ころんだ。しばし目を閉じ、白い光だけの世界に入る。温かくて眠気が生じるが眠れない。白い世界の中を線虫のようなものが動いている。これは前々から気になっていたが、何だろう。その時だ。

「おお、やったな」

まどろみを壊す大きな声が聞こえてきた。海面近くのテトラポットに立っている釣り師が魚をしとめたらしい。細い黒色の竿が大きく弧を描く。竿の先がぐいぐい引っ張られている。大物に違いない。リールが巻けないらしい。

「でかいんちゃうか」

竿を立てたまま腰をかがめ、竿を握っている手を下げ、踏ん張っている。竿の先が水面に入りそうだ。

「めちゃ、でかいぞ」

後ろに控える初老の男が釣り師と一体となってこの闘いに参加している。僕も体を起こし、引っ張られるように近くまで行ってこの闘いに参加した。しばらくすると魚は浮いてきたみたいだ。リールを巻いている。よし、もうすぐだ。竿をそのままの状態で下げ、リールを巻く。後は竿のしなりの力で魚を浮かす。それを繰り返す。しばらくするといぶし銀のチヌが水面近くに姿を現した。背びれを大きく立て、体をバタバタとくねらせ、針のついた口は大きく開いている。ハリスはあまりにも張っているので切れそうだ。ここでばらせない。釣り師は慎重にタマを出して慌てずチヌを入れる。でかい。重そうだ。五〇センチ以上ある大物だ。近くへ行って見せてもらった。先ほど見たより黒っぽい。

「今頃こんなチヌ釣れるん、めずらしいな」初老の男が言った。今来たばかりのオイヤンも「がいなよ。めっぽ、ちっこいわいて」と言ってびっくりする。

深日の逆《さか》言葉である。「すごいな。とても大きい」という意味だ。

そのあと釣り師はスカリに大きなチヌを入れて再度挑戦する。ぬか団子の中に針につけたオキアミを入れ、崩れないほどに握りしめ、海に投げる。海面から一〇センチほどウキが沈み五秒ほど経つとウキが上がって棒ウキは横に寝る。いわゆる寝ウキだ。十秒ほど経ってアタリがあった。ウキが六〇度以上立った時、すかさず釣り師はあわす。再び弧を描く。

「おお、すごいやん、入れ食いになってきたやんか」

熱闘が続く。僕も再びその闘いに参加した。一体感がある。僕らは竿の先に視線を移した。

「横へ走りだしたのォ」

「ボラかもしれんな。横に走ってから浮いてきたみたいやから」

しかし、引きは強い。案の定ボラであった。口の近くに針がひっかかったみたいだ。結局ばらしてしまった。ボラはチヌを釣る人にとっては人気がないが、アライにするとおいしいらしい。専門にねらう人もいる。

熱闘は終わり、釣り師と男たちは帰って行った。日没前の光を背中に受け、大きなチヌの入ったスカリを持って波止を歩いて家路に向かって行った。

だれもいなくなった波止で陽が沈むのを見ていた。寂しくはない。心がしんどい時、いつも夕陽の光景に慰められてきたのだ。人はよけい寂しくならないかと言うかもしれない。そんなことはない。いつも自分の心情に近い雰囲気のものに慰められてきたのだから。大きな赤い陽は、淡路島の上にかかっている雲の中に今まさに入ろうとしている。僕はしばらく見つめていた。教室での苦い出来事、プライドを取り戻そうとしたができなかったこと。でもこの燃えるような夕陽の光景の中では、もうどうでもよくなった。考えるのも無意味に思えてきた。潮風が心地よい。あの甘い香りとやわらかな感触が今もなお体に残っている。あの人はだれだろう。教科書で見た黒曜石のような鋭い瞳だった。聞いたことがあるような、ないような声が今も耳に残っている。

僕は陽が沈む前に家に帰ることにした。波止から道路に出る。角の場所にかつてレンガ工場があったことを最近聞いたところだ。そのまま大川の右岸沿いを歩いていく。まっすぐ行かないで、尾和《おわ》橋を渡り、車が通れない左岸沿いの小道を歩いた。だれかがかつて、この道を「哲学の道」と呼んだらしい。だれも通る人はいない。風が通り過ぎて行く。千歳《ちとせ》橋を渡りながら、夕陽を浴びてほんのり赤くなった飯盛山の方を見ると、多奈川線が国玉神社の森に吸い込まれていった。

5　偶然と出会い

三日後のことである。僕は少しずつ元気を取り戻していた。昼食後の休憩時間、窓際の席に座り、南と北出はその横の机にそれぞれ腰掛け、昨夜のプロ野球の話をしていた。

「阪神、ここぞという時、よう打たんでな」

「広島もそうよ」

「巨人はここぞという時、打つでな」

「こら、北出、そうであっても不愉快になること言うな」

「ほんまじゃ」

「北出、おまえどこのファンや」

「へへへ、言うてなかったんやけど実は巨人なんよ」

「何て、巨人？　おまえ阪神って言うてたんとちゃうんか」

「へへへ」

「おまえ、隠れ巨人ファンやったんか」

教室には二十人程度の生徒がいた。いつも通り、ほんわかとした空気に包まれていた。そこに突然、ごつそうな三年生三人が押し掛けてきた。すぐに、視線がこっちに向かった。北出はすぐに反応し、机から腰を上げた。すると、そのうちの大将格が机に腰掛け、南に、

「お前、机に腰掛けんなよ。態度がでかすぎるんとちゃうか」

一瞬の間のあと、

「あんたも机に腰掛けてるやないか」

教室は瞬く間に緊迫した空気に包まれた。教室のだれもがこれからの予想される展開に恐怖で体を震わせ、息をのんだ。

「『あんた』てか、だれに口聞いてんじゃ」

「あんた以外にだれがいるんや」

「生意気な奴やな、上級生に口答えするつもりやな。廊下へ出よよ」

教室のだれもが凍りそうになった。僕の心臓は速く高鳴った。しかし、南は落ち着いていた。なんで、こんなに落ち着けるのだろう。廊下へ出ると、その男はいきなり殴りかかってきた。南はすぐに身をよけた。すると、相手の拳は空を切り、その上、体のバランスを崩し、こけそうになった。振り向いて態勢を整えた三年生が再び殴りかかろうとした時、南は言った。

「相手になったってかまへんけど、その前に答えてくれ。机に腰掛ける行為が、あんたやったら良くて俺やったらなんであかんのか、その理由をわかりやすく説明してくれや」

まわりをとり囲んだ生徒達は最初びびっていたが、南が理論的に攻めていくので、南に気持ちの上で同調し出した。一方、その三年生は大地の動じない態度に脅威を感じ始めていた。

こいつ、一体何者や。最初の一発をかわされたのが失敗やった。上級生という権威と腕力で今まで乗り切ってきたが、ここではどうも通じそうにないな。このままでは大恥をかくかもしれない。早めに退散するほうがかしこいかもしれへん。大将格は無謀ではなかった。気持ちをできるだけ早く切り替え、落ち着かせようとした。そして、周りの二年生を一瞬にらみつけ、それから南の顔を見た。

「今度場所変えてじっくり教えたるさかい、覚悟しとけよ」

「ああ、楽しみにしておくよ」

三年生三人は二階の方へ、そそくさと逃げるように階段を下りて行った。完全に南の勝利だった。周りを三十人ほどの二年生が囲んでいただろうか。口々に南の強さを称賛した。

「二年生が三年生に勝った」

「すごい」

南はまさにヒーローだった。僕は嬉しかった。しかし、一方で心は、三日前の僕と今日の南が対照的であることに気づいていた。「かっこいい南」、「みっともない猛」。レッテルを貼られそうだ。

　その日の放課後、テニスコートへ行く途中だった。トレーニング姿の女子がこちらの方に走ってきた。

「畑野君」

「ああ」

「この前はごめんね、慌てていて、きちっと前を向いていなかったの」

「ああ、木野さんやったんか。だれやろかと思ってたんやけど……」

「それはそうと、この前のことだけど、かっこ良かったよ」

「えっ、何が?」

「畑野君って、教室に入るなり、いきなり演説するんだから。びっくりしたよ。でも、やるなーと思った」

「はー」

　彼女の声は少し低くて響きがあり、落ち着いた感じだった。僕はいきなり予想外のことを言われたので、どう対応すればいいかわからなかった。みっともない所を見せたはずだが、彼女はそんなことは意に介さずのようだ。僕は木野さんのことはあまり知らない。一年生の時に転校してきたと聞いているだけだ。髪の毛はスポーツ刈りで、あでやかさがない子だと思っていた。だけど、今日近くで見ると、やはり黒曜石のような瞳をしているが、穏やかで温かい雰囲気が漂っていた。不思議な人だなと実感した。

「畑野君、今、時間ある？」

「少しぐらいやったら」

「体育館にホースをとりに行くんだけど、脚立とデッキブラシも必要かなと思ってきて。悪いけど手伝ってくれない」

「ああ、いいよ」

彼女はホース、僕は脚立とデッキブラシをもって並んで歩いた。途中で、同じクラブの梶本さんが合流した。

「ごめんね」

「大丈夫。ところで、これで何すんの？」

するると、梶本さんが、

「何すると思う？」と、会話に入ってきた。

「脚立とデッキブラシとホースやから高い所をきれいにするんやな」

「当たり。椿がロングシュートの練習ばかりやって、ボールが給食室の壁に何回もあたったんよ」

「ああ、それで、壁の汚れを取るということや」

「そういうこと」

木野さんは少し恥ずかしそうな顔をして白い歯を見せた。

「じゃ、僕が脚立に乗ってこすったるよ」

「ええ、でもこれからテニスの練習でしょ」

「そやけど、かまへんよ。僕がやったるよ」

僕は気分がよかった。なぜか体のどこかにしまいこんでいたエネルギーが出てきたようで、それを感じていたかった。それを使いたかった。木野さんはホースの先を押さえ、水圧を大きくして壁の高いところまで水をかけ、僕は脚立に乗って、ゴシゴシ磨いて汚れを取っていく。

一瞬、下を見た。水道水から眩い甘い香りが伝わってきた。不思議な人だ。

「かっこいいよ」

「がんばって」

梶本さんを筆頭に二年生だけでなく、一年生も一か所に集まって言い出した。僕は恥ずかしいところもあったが、そんな彼女たちの後押しもあって調子に乗ってしまい、汚れを完璧に取ってしまった。

「ありがとう。助かった。先輩に怒られるところだった」

今日、三年生は修学旅行の説明会があり、遅れるとのこと。木野さんとしては三年生のいない間に汚れを取っておきたかったのだろう。だから慌てていたのだろう。僕は木野さんのピンチを救ったかっこうだが、僕も救われていた。

南大地は早熟というか、大人のようなふるまいをする時がある。僕が知らないこともよく知っている。こんなこともあった。六月の中旬、どんより曇って今にも雨が降りそうだった。校外学習のあと、みさき公園の海岸から僕と南と北出の三人で帰る途中だった。南は、

「いっぺん、アベックいてるか見にいけへん？」

「アベックてか」

「そうや、車でいちゃついてるんや」

「へー、聞いただけで興奮するやんか」

「ほんまにいるんか」

「そらわからへんけど、この前は、いてたけどな」

僕らは海岸線の道路から離れ、谷筋を上って行った。おい茂る笹をかき分け、樹々の間を静かに南の後を追った。しばらく登ると尾根道があらわれ、僕らは何も言わずに歩を進めた。すると幅が広い土の道が現われ、蛇行したところに少し奥まった場所があった。

「おお、いるやないか」

南は興奮した声で僕らを引率した。僕らは恐る恐る車に近づいて行った。大きなシダの葉越

しに車の中をのぞいた。中年の大人が助手席の女性を倒し激しくキスをしている。女性の唇が真っ赤だ。腫れたように分厚くなっている。僕らはみんな、下半身が熱くなっているのに気付いた。そこから逃れたいやら、いたいやら、生の濡れ場に生まれて初めて遭遇したのだ。南は僕たちから離れ、車に近づいていく。

「やめとけ」

小さな声で僕は言った。間近で車の中の行為を見ようとする。いくらなんでもむちゃや。しかも、車の男に気付かれるはずだ。案の定、男は気付き、怒鳴るでもなく、不愉快な顔をしてエンジンをかけ、その場を大急ぎで離れて行った。その間も、女性は倒れたまま身動きひとつしていなかった。僕は見てはいけないものを見たような気がした。しかし、南の大胆な行動にはびっくりした。こんな場面は見ようと思っても見られるものではない。いくら偶然とはいえ、南の力には恐れ入った。

6　深日港駅とフォンターナ

ガイア塾の村藤一也にとって、夏休みは大変忙しい。通常の授業の上に中三の夏期講習が連日四時間以上加わり、朝から晩まで教室で教えなければならない。疲れがたまるが、塾生の「わかった」「できた」の声を聞くと、いつのまにか元気になっている。毎日、周到に授業の準備をしているのも、その一言を聞きたいからである。

今日は日曜日で塾は休み。彼は深日港の喫茶店「フォンターナ」である人と会う約束をしていた。今は午後一時半である。中三生のプリントの答え合わせを終え、塾を出た。空は雲がおおい、暑さはそれほどでもない。少し緊張していた。これから会う人とどんな話をしようか。

彼女と初めて顔を合わせたのは今年の植樹の時だ。ガイア塾は毎年三月に岬町主催の梅の植樹に参加していた。新中一生を連れて、和歌山県との県境に近い淡輪の学校林の近くへ梅の植樹をしに行った。山の斜面にスコップで穴を掘り梅の苗木を植え、それぞれの梅に参加者の名前が書かれた白いプレートをかける。中学入学記念として、深日、多奈川、淡輪と違った小学校出身の入塾生が仲良くなるためにもこのイベントは参加する価値があった。その場に、率先して入塾生の作業を手伝ってくれる若い女性がいた。最初は役場のスタッフかなと思ったのだけれど、そうではなかった。お礼かたがた挨拶しようと彼女に近づこうとしたら、

「こんにちは。岬中学校の大北です」と向こうから話しかけてくれたのだ。

彼女に初めて会うのに、以前から知っているような、ある近しさと親しみを彼女に感じた。こんなこともあるのだ。彼女の顔は面長で、きりっとした瞳が印象的である。帽子をとると、髪の毛は真後ではなく斜め横に束ねていて、粋ではつらつとした感じだった。

彼女と二度目の出会いは六月初め。これも町主催の「多奈川歴史ウォーク」であった。山の裾を右に曲がるとクスノキの巨木が現れる。急な上り坂を上ると、左側に池があり、向こうに朱色の門が見える。理智院である。右を向くと興善寺の楼門が見える。小学校の夏休みに祖父に連れられて蝉取りに来たことがある。なつかしい光景だ。理智院、興善寺などで住職のお話を聞き、「楠木《くすのき》」地区から「西」地区へ移動する。田植えの準備がほぼできた田んぼを右手に見ながら山沿いの道を歩いていた時、彼女が声をかけてくれた。

「歴史に興味があるのですか？」

「まあ、古代史にちょっと興味があるんやけど、岬町のことはあんまり詳しいことはわからんので勉強のつもりで参加したんですよ」

「私も歴史が好きで、岬中学校では地歴部の顧問してるんですよ」

「ああ、そうですか。先生は何年生の担任なされているんですか」

「二年生です」

「そしたら、畑野猛、知ってるかな？」

「知ってるも何も私のクラスですよ」

「本当ですか。あいつも歴史が好きでね。よく質問してきますよ」

「猛くんは地歴部にも入ってるんですよ」

「ああ、そうですか。あいつ、突き詰めるほうやからな。でも、嬉しいですよ」

「猛君、最近塾ではどうですか」

「そういえば、この前、体調悪いと言って、塾休むって電話かけてきたけどな」

「あ、そうですか」

「猛、学校で何かありましたか。今まで少々の熱があっても塾休んだことがない子やから、少し心配はしてたんやけど」

「ちょっと、学校であったんですよ。でも、今は彼、立ち直りつつあると思いますよ。弱い子じゃないから」

「やっぱり何かあったんやね」

「でも、そのことは猛君には聞かないでくださいね」

「ああ、わかりました。せっかく元気になってきてるんやから、そおっと、しておきますよ」

「こうして、塾の先生と情報交換できて嬉しいです」

「ああ、こちらも塾ではわからない生徒の一面が見えて、勉強になります。また、機会があれば、教育や教科指導についてお話ができればいいですね」

「是非、お願いしたいです。私のほうから連絡していいですか？」

「ああ、いいですよ」

お互い意気投合し、話が弾んだ。同じ町で共通の話題について話し合える異性の相手ができるかもしれない。彼女の視線を一瞬避けた。村藤は話している間、心臓の鼓動に気付いていた。


学校が夏休みになるとすぐに、彼女から次の日曜日午後二時に会おうという連絡があった。待合場所は深日港の喫茶店「フォンターナ」。そこには時々行く。ここのピラフがおいしい。ときたま流れるロシア民謡の「ふたつのギター」や「黒い瞳」を聞きながら本を読むのが心地よかった。

厚いガラス製の扉を開けると、まず、らせん階段が右手にあり、そこを通り過ぎて右にまわると道路沿いのテーブル席がある。ここがお気に入りだが、幸運にもその席が空いていた。そこで彼女が来るのを待った。二時まであと十分ほどある。

カンカンカン　カンカンカン

深日港駅から多奈川線が踏切を通過し、みさき公園方面に上っていく。この駅は多奈川線が敷設された一九四四年にはまだ設置されていなかった。淡路連絡航路の開設にともなって一九四八年に新駅である深日港駅ができたのだ。それ以来この辺りは発展し続け、食堂、喫茶店、土産屋に旅館や釣り道具屋らが軒を連ね、淡路や四国方面へのフェリーができた頃、休日には人と車でごった返した。彼女は約束の二時ちょうどにやってきた。

「待ちました?」

「いや、全然。さっき来たところですよ」

「まだ注文してないの?」

「一緒に注文しようと思って」

「……」

「それじゃー、ぼくはアメリカン」

「私はレモンティーを」

彼女はグラニュー糖をスプーン三杯、白いカップに入った紅色の紅茶に入れ、次に、丸いレモンの外の黄色い皮をむき、残した皮の一部を碗の外にかけ実だけ紅茶に浸けるのである。そんな紅茶のスタイルは初めて見た。オレンジ色に変わった紅茶はまるで今の私の心のようだが、その中に三杯の砂糖が入ってるのが私を和ませてくれる。白い円に黄色の小さい円が交差する形は斬新でかっこいい。

「ブラックですか」

「最近は渋さや苦みに甘さが感じられるようになって砂糖は入れないんです」

「へー。私は甘いものを飲むと頭がスッキリするんです」

「この頃、学校の先生は夏休みも忙しそうですね」

「そうなんですよ。実は私が言いだしっぺなんですが、二学期に『岬町活性化』に向けた中学生のプレゼン大会を実施するんですよ。その準備でよけい忙しくなってるんです」

「へー。おもしろそうやね。こうも空地や空き家が増え人口が減少すると、我々ひとりひとりの心も空虚になり壊れるような気がしますね。そんな危機意識は岬町の人はみな持ってるんと違うかな」

「心ある人は何かしなければならないと思っているみたいね。このプレゼン大会がきっかけとなって何かが動き出せばいいかなと思っています」

まだ会話がぎこちないが、問題意識が共有できているという感覚が少しずつ醸し出されているようで、あらたまっているが親近感も湧いてくる、そんな気分に村藤は酔いしれた。

「大北先生は何の教科を教えてるんですか？」

「数学です」

「数学ですか。国語か社会の先生かなと思っていました」

「村藤さん、唐突ですが、フィボナッチ数列ってご存知ですか?」

「本当に唐突ですね。ええ、知っていますよ」

「先生も数学が専門ですか?」

「いやいや、僕は文系ですよ」

「ふつう、文系の方でしたら知らない人が多いと思いますが、さすがですね」

「最初は僕も知りませんでした。塾をしていると勉強仲間もたくさんできてね。泉州の塾の先生十人ほどと教科会という勉強会をつくっていますし、他に全国組織の全塾協、全国学習塾連合協議会にも参加しています。それは全塾協に入っている奈良の先生に教わりました。確か、…3, 5, 8, 13…のような数列で、後ろの数が前の数の約一・六倍になってて、最も美しいと感じる黄金比に近づいていくんですよね」

「その通りです。さすがです。でも、そうですか。塾の先生も他塾との交流が活発なんですね。個人塾の先生は単独で勉強されているものだとばかり思っていました。なぜこんな唐突な話をするかと言うとね、私は岬町の風景や建物で縦と横の比が5:8の黄金比になっているものを見つけようと思ってるんですが、なかなか見つからなくてね。村藤さん、どこか素敵な場所ありますか」

「そうやね、今いいなと思ってる所は大川新橋から見る飯盛山かな。そこから見る飯盛山は、ほんとに雄大な感じがするね。黄金比になってるか知らんけど。あとは、旧深日駅の変電所、レンガづくりの建物もいいと思いますが」

「ありがとう。変電所の建物ですが、写真を撮って調べてみました。すると、黄金比ではないのだけれど、白銀比になっているのがわかりました。村藤さん、白銀比ってご存知ですか？」

「いえ、知りません。白銀比ですか」

「ええ、高さが横の約一・四倍になってるんですよ。Ａ４等のコピー紙も縦と横が白銀比になっています。ああ、それと、前方後円墳の西陵古墳もなってますよ」

「へー、知らなかった。これは勉強になりました」

「飯盛山は今度ゆっくり見てみます」

「でも、そういう視点や切り口で岬町を見ると、新しい岬町の魅力が発見できるかもしれませんね」

「そうでしょう。今度のプレゼン大会もそこなんですよ。大人と違って、中学生のやわらかい頭と初々しい感覚で、どうすればここを素晴らしい土地に生まれ変わらせられるのか、聞いてみる価値は十分あると思うわ」

　白地で赤い花柄のワンピースを着こなし、植樹の時と同じように髪を斜め後ろに束ねている。彼女は饒舌で、熱く語るその表情は若々しく、エネルギッシュである。彼女はいくつだろうか。日々どんな事を考え、どんな夢を抱き、どんな悩みをかかえているのだろうか。

7　夢の中でも人は成長する

二学期が始まった。僕はテニス部の主将になった。責任重大である。僕らはよく走る。準備体操として海岸線を「人形岩」まで走る。海岸線には、かつて「烏帽子岩《えぼしいわ》」や「入道岩《にゅうどういわ》」と呼ばれる奇岩がいくつかあったそうだ。しかし、海岸沿いに道路ができたことで、今は大きな岩は一か所しか見られない。僕らはその岩を「人形岩」と呼んでいた。潮の香りは身を引き締める。テニス部の部員が伝統的に長距離走が得意なのもうなずける。

この日は強風が吹いていた。海岸線を諦め、国玉神社まで走った。御神木の、ムクノキがそびえている。鳥居をくぐり、急で、でこぼこで、奥行きのない踏面《ふみづら》の階段を上る。小学校の夏休み、友達と肝試しをしたことがある。夜に一人でこの階段を上り、てっぺんで階段の下を向いて座り、十数えて下りるのだ。座って下を見下ろす時、傍らの小さなお社《やしろ》がなぜか気になって気味が悪かったことを覚えている。じいやんによると、そこには水の神でもある瀬織津《せおりつ》比売神《ひめのかみ》が祀られているそうだ。そのお社を左に見ながら右に曲がり、さらに階段を上ると広場がある。その左側には国玉神社の本殿がある。祭神は大国玉大神《おおくにたまのおおかみ》と賀茂別雷大神《かもわけいかづちのおおかみ》である。僕らは秋の大会の必勝祈願をする。それから、神社の広場で柔軟体操をした。腹筋トレーニングの時、仰向けになる。神域は森に囲まれ、天と直接通じている。青空の中をトンビが飛ぶ。自由で揚々とした未来がそこにあった。

今、英語の授業中。一学期のいくつかの場面が瞼《まぶた》に浮かんできた。薫風の中、僕と接触し、やわらかな肌の感触とぬくもりを残し、駆け抜けていったトレーニング姿の少女。外壁をきれいにしようと、僕はブラシを持って脚立に乗り、彼女はホースで壁に水をかける。水しぶきの間から、一瞬見えた黒曜石のような瞳。それは眩く、甘い香りを伴っていた。

僕の席は廊下側の壁際の一番後ろ。木野さんの席は廊下側から二列目で前から三番目。つまり、僕の席より斜め前にあり、彼女の授業中の小さな動作までわかる。先生の話を聞かないで彼女を見ていた。彼女は黄緑色のシャーペンを人差し指と中指ではさんでシーソーのように上下に激しく動かしていた。いつのまにか、僕も真似をしていて、右手に持つ青いシャーペンが上下に動いていた。

カターン

指から滑り落ちたシャーペンは壁と机の間の床に落ち、それを取ろうとして手を伸ばす僕にみんなの視線が集まった。

しばらくして、席替えが行われ、僕と木野さんは隣どうしになった。二人の席は教室の一番後ろだったので、休憩時間にいろいろ話すようになった。

「トルストイの『復活』読んだんやけど」

「へー。そんな難しい本読んでるの。実は、私もドストエフスキーの『罪と罰』読んだことがあるのよ」

「そうなん。『復活』やけど、カチューシャがかわいそうでね。彼女を捨てたネフリュードフが、絶望して投げやりになった彼女を見て、救おうとするんやけど。結局は彼女が離れていく、そんな話なんやけど」

「男は勝手な動物のところがあるよ」

「そうなん?」

「そうよ。ドストエフスキーだって勝手よ。賭博にはまり、借金を重ね、奥様に許しを請うのよ。そして、またそれにあきたらず。賭場に向かうのよ。本当に勝手な動物よ。借金を返すことが小説を書く原動力になったと言われているよ」

「へー、人間って、おもろいな。借金が小説を書く原動力になるんやから。それにしても木野さんっていろいろ知っているんやな」

「父の本棚の本を読んでるだけだけど」


別の日も作家の話が続く。

「私ね、茨木のり子の詩も好きなのよ。知ってる？」

「教科書に載ってたような気がするんやけど」

「さすがね。教科書に載ってるよ。『わたしが一番きれいだったとき』でしょ。こんな詩もあるよ。『二人でいるのは賑やかだ　誓《ちか》って負けおしみなんかじゃない　一人でいるとき淋《さび》しいやつが　二人寄ったら　なお淋しい　おおぜい寄ったなら　だ　だ　だ　だ　だっと　堕落《だらく》だな』(1)」

「『だ　だ　だ　だっと　堕落だな』がインパクトあるな。印象に残るよ。でも、すごいな。暗唱をしてるやん」

「何回も唱えていたらすぐに覚えられたよ。でも、一人なのに賑やかって逆よね。でもそこに真実があると思うの」

「難しいというか、わからん話やな」

「一人でいるのは賑やかな森や海だと言ってるの。『夢がぱちぱち　はぜてくる』(2)、とも言ってるわ」

「森や海は何かが生まれてくるような気がするからな。そうや、一人でいると、いろいろ想像するから、賑やかなんや」

「そうね。私もそう思うよ。私は教職員住宅の四階に住んでるのだけど、隣は山だし、反対の窓からは海も見えるのよ。たまにだけど、奇怪な鳴き声というか音が聞こえて気味悪い時もあるよ。父はできるだけ早く帰って来てくれるけど、会議や研修会で遅くなる時もあってね、心細い時があるの。そんな時ね、『一人でいるのは賑やかだ』って呪文を唱えるの」

「なるほど。呪文なんや。僕も寂しい時『一人でいるのは賑やかだ』と唱えようかな」

「ははは、唱えてよ」


木野さんはわからない人だ。宇宙人的発想をする時がある。

「畑野君、当たり前のことだけど、人間は成長するでしょう。風景も人間のように成長すると思う?」

「急にどうしたん」

「私はね、淡路島も成長していると思うの」

「淡路島が成長するって擬人法の世界やな。でも、もうちょっと具体的に話してほしいんやけど」

「ごめん、ごめん。畑野君って、この前『一人でいると想像するから、賑やかなんだ』と言ってくれたでしょう。本当にその通りなのよ。想像力さえあれば人は豊かになるのよ」

「想像力ね」

「海に出てね。『気持ちいいね。今日の淡路島よく見えるね』もいいのだけど、そこからもっと前へ進めていくのよ。淡路島は古代から大阪湾岸で起こった事、合戦や祭りから人々の生業《なりわい》まで見つめてきているでしょう。だから、それらを記憶しているのよ。そう考えると淡路島を見るだけで古代の人々の息吹を感じられるような気がするの。だから、寂しくなってもね、潮の香りは古代の御馳走のにおいを運んでくれるし、波の音はね、古代の『どんちゃん騒ぎ』のお囃子《はやし》に聞こえるのよ。もっと想像力をはたらかせば、古代の人達と一緒に踊ることもできるのよ。だから寂しくなくなるのよ」

「なんか、わかるような気がしてきたな。真っ赤な夕陽を眺めていると、なぜか心が落ち着いてくるような気がするもんな。古代の人が慰めてくれてると思えんことないな」

「そんな淡路島や海も現在の私たちを見続けてくれてるから、それを糧に成長し続けてるのよ」

「なるほどな。今までの歴史を内に保存してるんやな」

「そう考えるとね、面白くなってくるのよ」

「面白くなってくる？」

「一方で、私たちもそんな風景を見て成長してるのよ。見るだけで古代以来の歴史が脳の中にインプットされるということ」

「インプットね。難しいな」

「だから、人の脳の中には古代からの出来事がインプットされててね、その情報が夢の中で再構成されるのよ。つまり、夢の中で古代へ行ったり、現在に戻ってきたりできるというわけ」

「そうか。夢の中に自身が経験してない昔のシーンが出てくるということか？」

「そう、時空を超えるということね」

「ということは、夢の中にも時空を超えた人生があって、夢の中でも人は成長できるということかな」

「さすがね。そういうことだと思うわ」

8　プレゼン大会への挑戦

大北先生は数学の先生だ。僕の二年の担任でもある。そして地歴部の顧問もしている。それはラッキーだった。僕はときたま部室に顔を出す程度だが、れっきとした地歴部の部員である。大北先生から、戦争中の話や淡輪氏の話などを教わった。先生は深日出身で、だれよりも岬町のことを考えているようであった。その先生がある日、

「岬町の活性化案を考えといて。中学校と岬町の共催で『岬まちづくりコンテスト』というプレゼンの大会を中学校で実施することになったの。今の岬町、人口も少なくなって、活気がなくなってるでしょう。中学生の斬新な考えに期待してるみたい。十一月に大会があるの」と突然言い出した。

僕はその時は、

「へー、そんなん、あるん？」と聞き流していたが、時間が経つにつれて、体の中からもこもこと沸き立つものがあるのがわかった。

クラス対抗で活性案を発表し、学年で二クラスが選ばれ、全学六クラス対抗で体育館でプレゼンすることになった。校長など先生以外に、町長等役所関係や学識経験者などが審査にあたるらしい。まずは活性案の概要をレポート用紙で提出し、二クラスに選ばれなければならない。

僕は二学期のクラス委員に選ばれていた。クラスのみんなにプレゼン大会出場に向けて岬町の活性化案を考えてきてほしいと伝え、併せて、活性案をまとめ、プレゼン大会に出場する委員も募った。翌日、ホームルームでみんなの提案を聞くと、

「魚が多いから、もっとみんなが楽しめるユニークな水族館がほしい」

「みさき公園のジェットコースターをもっと怖くすれば人は多く来る」

「貴重な自然海岸であることをもっとアピールする」

「山の木を使って遊べる遊具をつくる」

「大規模なドッグランをつくる」等みんなそれぞれ考えてくれた。

僕は嬉しかった。もう一人の学級委員である多賀井明美さんと共に、再度、委員会に参加するよう要請する。会議はその日の放課後に設けた。僕ら学級委員二人以外に参加してくれるのは南と北出である。もしかしたら最悪四人になるかもしれないなと、不安であった。僕が司会をした。

「時間やから始めよか。みんないろいろ案をだしてくれたんやけど……」

話の途中、あわただしくドアを開けて木野さんが入ってきた。

「ごめん、ごめん、クラブに遅れると言ってきたから、遅くなって」

少し息が荒かった。

「いいよ、いいよ。……それじゃ、クラスのみんなの意見を参考にしながら、活性化案を話してくれますか」

少しの沈黙のあと、木野さんが話を切り出した。

「岬町にあって他の市町村にないものを挙げましょうよ」

木野さんは九州から転校してきたと聞いている。彼女の話す言葉は、なぜか高尚な感じがする。

「なんもないで。まあ、あるとしたら自然海岸やな」と北出は言うので、

「大阪府で唯一残っている自然海岸があるのは事実やでな。ほかの人はどうかな」とみんなに僕は聞く。

委員の多賀井さんは
「古墳、どう？　淡輪《たんのわ》の古墳はでかいよ。この辺りでは一番でかいと思うよ」と提案してくれたのだが、

「そやな、古墳な、でも墓やからな。なんか暗いでな。暗いのって、人、けえへんで」と北出

は反応する。

「小さい頃から疑問に思ってたんやけど、淡輪駅前の古墳やけど、なんでここにそんな立派な古墳あるんかな、って」

「ほんまやでな、大きい古墳二つあるでな」

「二つとも二百メートルあるって聞いてるけど」と多賀井さんは話す。

「なんでこの地にそんな大きい古墳があるんか、調べるだけでもおもろいでな」と、だんだん北出は前向きになる。

しばらくしてから木野さんが口を開いた。

「その二つは紀氏の古墳よ。他に西小山古墳という円墳もあるのよ。外観はもうわからないそうよ」

「紀氏？　紀氏って紀州の紀？」

「そうよ。この辺りから和歌山の紀の川両岸を支配していた古代豪族の紀氏よ。土佐日記の紀貫之《きのつらゆき》も紀氏なのよ」

「へー、木野さんよく知ってるやんか。転校生やのに何でこんなこと知ってるん？」と北出は聞く。

「実は、私、紀氏の末裔《まつえい》でないかと言われてるの」

「マツエイ。むつかしい言葉やの。どういう意味？」

「子孫という意味や」と僕は言う。

「へーそんな言葉、よう知ってるのう」

「紀氏の末裔って、なんでわかるの」と僕はたずねる。

「父が言ってたの。父は古代史を研究してるの」

「へー、そうなん。ほやから、よう知ってるんや。今、気ィついたんやけど、木野椿さんの漢字を紀州の紀に変えられるもんな。紀椿と書けるやん」北出は嬉しそうに話す。

「北出の言うように、なんでこんな大きな古墳が岬町にあるんやろか、調べるのは意味があるし、おもろいでな」と僕が言うと、

「古墳か、確かにおもろいけど、それだけで活性案にならへんわな」

南は初めて口を開いて、続けて言った。

「古墳は墓やけど、墓そのものと捉えるだけやったら、おもろいこと何もないな。北出の言うように、暗いだけや」

「そうやでな」

「静的なものを動的なものに変えやな」

「セイテキ、ドウテキ、またまたむつかしい言葉を言うの。どういう意味なん。俺、わからへん」

「古墳を今に結びつけるとしたら、古墳をつくる時の民衆の息吹というかエネルギーを再現す

ることやな。こんな大きな古墳を造成してるんやから、当時この辺りは最も先進的なところやったと思うで」

「南君、何でも知ってると思ってたけど、大人みたいな言い方するのォ」

「古代の躍動を今に伝えるって、よう言われるけど、この地はそれができるんとちゃう?」

「さすが、南やな。じゃ、なんでこの地に大きな古墳ができたのか、その当時紀氏を含め民衆はどんな生活をしていたのかをまず調べようか。じゃ、分担してもらおか」と僕は話をまとめる。

「何を分担するん?」

「みんなに調べてもろたり、考えてきてもらうんよ。多賀井さんは古墳、木野さんは紀氏のこと、僕は深日の在地勢力のことを調べるよ。南君と北出君は、今とどうつなげるか考えといてよ」

その時。担任の大北先生が入ってきた。

「話、できた?」

「はい。まずは古墳のことや、当時のことを調べようという話になりました」

「古墳、いいわね。立派な古墳やもんね。そしたら、みんなで西稜《さいりょう》古墳に行ったらいいね。準備しとくよ」

西陵古墳《さいりょう》の周濠《しゅうごう》沿いを歩く。大北先生を先頭に、南、北出、多賀井、木野、最後に僕が最後尾となって歩いた。山の中の池の周りを歩いてるみたいだが、周濠をじっくり眺めていると、オシドリが楽しそうに泳いでいた。そのふくよかな姿に僕はうっとりした。その時だ。バタバタ。上を向くと樹木の上の方から十羽以上の黒い鳥が飛び立った。カラスではない。大きくて黒色で細い。何か不気味だ。前を向くとすぐ僕の前を歩いていた木野さんの姿がない。どうしたんだ。多賀井さんの後ろ姿しか見えない。どこへ行ったのだろう。数秒前までは僕の前を歩いていたのに。彼女は紀氏の末裔と言ってたけど、先祖が眠っている古墳の中に吸い込まれていったのか。そんなことあるはずがない。だが実際そう思ってしまうのだ。今いた人がいない。本当に心配になった。みんなに知らせようとした時、僕の背中を何者かがつついた。まさか。

「畑野君、どうして止まってるの。早く行こう」

「なに、言ってんのな。急にいなくなったから、心配したやないか」

「ごめん、ごめん」

「どこにいてたん？」

「メジロがいたので写真を撮ってたのよ」

「メジロって、緑色した鳥？」

「そうよ。かわいいでしょ。古墳って野鳥が多いのよ。でも、遠くから一枚しか撮れなかった。古墳の斜面を登ろうとしたら、鵜《う》がたくさん飛び立って、メジロも驚いて飛んでいったのよ」

「あの黒い鳥は、鵜やったんや」

「鵜はね、古代に『太陽の使者』と言われたことがあるって、父が言ってたよ」

「へー、お父さんよく知ってるんやね」

「畑野君、早く行こう」

「ほんまや、ほんまや」

彼女はラベンダー色の帽子をかぶり、ピンク色のナップサックを背負っていた。いつもより大人びて見える。僕らは急いで歩いた。

西陵古墳は全国で二十八位の大きさの前方後円墳で、墳丘の長さは二一〇メートルほどある。雄略天皇の命で新羅を攻めた紀小弓《きのおゆみ》の墓ではないかと言われているが、最近、淡輪駅前にある宇度墓古墳《うどばかこふん》の造り出しのところに新たに二〇メートルの方墳がつくられていることがわかり、これが紀小弓の墓ではないかとも言われている。だが、真実はまだわからない。両古墳の間にある直径五〇メートルの円墳でできた西小山古墳とともに淡輪古墳群を形成し、五世紀、紀氏がこの地の首長として支配していたのではないかと言われている。いずれにしろ、この古墳は紀氏の歴代首長の墓に違いない。

「猛、遅いやないか。何してたんや?」

「オシドリが泳いでいたんで、見てたんよ」

「ごめん、ごめん。私はメジロがいたので写真撮ってたの」

それから大北先生は後円部のところへ僕らを連れていき、

「この辺りに、竪穴式石棺が埋められているのよ。その石棺の蓋が露出してた時もあって、でも埋め戻されたのよ」

「へー、だれが眠ってるんやろ。昔、この岬町にもえらい人がいたんやな」

「だれの墓か調べて、ここに眠っている人を甦らせてみるのもいいでな。南の言うように静的なものを動的なものにできるかもしれへんな」

9　祭り

村藤は、大北先生と月に一度、情報交換することになっていた。場所は深日港の「フォンターナ」。彼女は、町づくりで映画を制作しようとしていた。

「『深日の祭り』の動画を撮りたいのだけど、手伝ってくれないかしら」

「いいよ、大北先生に頼まれるのは初めてです。記念にどんな危険なことでもするよ」

「あはは。ありがとう。無理しないでね」

二人は、ぎこちないが、冗談でも言えるようになっていた。

「深日の祭りの見せ場は何と言っても宮入りなのよ。あの急で狭い坂をやぐらが上ってくるシーンは圧巻、迫力そのものよ。やぐらは二輪だからできるのよ」

「へー。まだそのシーンは見たことないんやけど、おもしろそうですね」

「神社の前の広場に太いロープが用意されていて、みんなでそれを綱引きみたいに引っ張って、やぐらを引き上げるのよ」

「それはぜひ見てみたい」

「それでね、上まで上がるシーンだけど、途中で坂が曲がっているの。村藤さんにお願いしたいのは、下から曲がっている所までの撮影をお願いしたいの」

「曲がっている所で撮ればいいんですね」

「そう。それからそこから上まで上がるやぐらを背後から撮ってほしいの」

「わかった。そんなことだったら、お安いご用です」

「村藤さんって、今まで祭りには興味なかったの？」

「そんなことないよ。卒塾生の中でやぐらを何人もひいているし、塾の近くにやぐらが休憩する場所があるから、毎年見に行くよ。でも、中学校までは和歌山に住んでいたから、小さい時の思い出はないんです」

「和歌山に住んでたんですね。そうだったんだ」

「それと、深日の祭りゆうたら、ハモの押し寿司やと思います。ばあちゃんが作った押し寿司は、歯ごたえがあって、ほんまにおいしかったな。深日の名物やと思います」

「おいしいよね。私、つくったことあるよ。四角い寿司桶の底にバレンを敷いて寿司飯を入れるのよ。ハモを骨切りして、そぼろにしたものを味付けして、それを寿司飯の上に均等にのせるのよ。そこにスライスして味付けしたシイタケと、錦糸卵をのせるだけ。それから、また、バレンを敷いて同じことを繰り返す。つまり、二段につくるのよ。あとは、上蓋をのせ、重りをのせるだけよ」

「まるで、実況中継やね」

「実は、この押し寿司も動画に撮るつもりなの」

「でも、おいしいですね。四角い寿司をバレンごと口に入れるのは格別ですね」

「もしかしてバレンも食べてない」

「あはは、ほんまやな。いっぺん食べてみよか」

一瞬の間。ぎこちない空気が流れた。

「それはそうと、指導要領が変わるたびに易しくなったり、難しくなったり、国にふりまわされているような気がするんですけど、村藤さんはどう考えていますか」

「塾は国に制約されないから、何を教えても文句を言われない立場にあります。ただ教える内容は生徒や保護者に支持されるのが前提で、結局は指導要領内で教えることになります」

「私はね、教師にとって教えにくい分野が少なくなっている気がするの。連立不等式を中学校で教えている時は、みんな、わからなくてね。それで、すごく工夫したのよ。ユニークな教え方だけど、生徒は『先生、わかった』『数学っておもしろいね』と言ってくれたのよ。本当に嬉しかった。そんな手応えのある経験がだんだん少なくなってきたように思えるの」

「その通りやと思うよ。教える内容が、工夫しなくても、ゆっくり、繰り返し教えれば、理解できる内容だけに変わったからね。私は、生徒が理解しにくい立方体の切断面の教え方を工夫したけれど、今は別に教えなくてもよくなったからね」

「教師の教材研究の必要性が低下したのは事実だと思うわ」

「大北先生、話は変わるけど、確か、お琴が弾けるとか言ってたと思うんやけど」

「弾けるわ。今でも時々弾いてるよ。それがどうしたの」

「毎年、文化の日に塾の全国組織の一つである全塾協は『全国研修大会』を開催してるんですけど、今年は私が実行委員長になっているんです。講演とシンポジウムの間にみんなが、和めるようにミニ演奏会を実施できればと思ってたんですけど、少しあつかましいと思って話を切り出すことができなかったんです」

「そうね、『千鳥』の曲はどうかな。でもまだ予定見てみないと軽く承諾はできないかもしれないね。でも、村藤さんからの最初の依頼だから、できるだけＯＫできるように調整してみるわ」

10　窓に映るきみ

十月になった。席替えが行われ、僕と木野さんの席は離れることになった。

二年二組の僕たちは、その日の午後、どのような企画案を提出するか検討に入った。大北先生は、最初だけ参加すると言って、話し始めた。

「古墳だけやったら弱いと思うよ。だって、淡輪の人にとっては『御陵《ごりょう》さん』と呼んで愛着があるけど、他の地区の人にとってはそれほどでもないわ。だから、各地区の古代の大切なものをすくいあげないとね。孝子だったら、役小角《えんのおづぬ》や橘逸勢《たちばなのはやなり》伝説、深日は褐鉄鉱と『たたら』や福姫伝説、多奈川は和泉式部伝説などあるでしょう」

「岬町もいろいろあるな。深日に住んでて、鉄作ってたん、初めて聞いたな」

「まちじゅう図書館ってあるけど、まちじゅうミュージアムてどうかな」

「それはいいな。それでいこよ」

みんなで協議した結果、大北先生の提案をベースにして、紀氏や古墳を中心にした「岬まちじゅうミュージアム」構想を企画案として提出することになった。


一次選考の結果は締め切りの三日後に出た。その結果、二年生では最終的に二組と丹中のいる四組が選ばれることになった。一年は一組と三組、三年生は一組と五組が選ばれた。本選は、体育館でプレゼンテーションをすることになっている。そこには町長を含め外部から審査員が出席する。僕らは、一次選考の結果に気を良くし、はりきっていた。

「古代の衣装を着て参加しようか」

「紀氏の首長を『きーやん』て呼ぼか」

「多奈川線、昼間の間だけでも多奈川から淡輪まで運行するのはどうかな。岬町の古代のお宝紹介できるで」

「ええ考えや。南の言ってた静的なものを動的にするきっかけになるしな。それと、合併してからもほとんど交流のない淡輪と深日、多奈川の住民が顔を見合わせる機会ができるしな」

南が口を開いた。

「さっき、北出が言ってた、首長を『きーやん』と呼ぶ話やけど、それやったら、元気のある娘も登場させて、『みーやん』と呼ぶのはどうかな」
「ええんちゃう。『きーやん』は南君が最適やな。娘の『みーやん』はだれがいいかな。木野さん、どう？　紀氏の末裔やし、ふさわしいで」
結局、この北出の提案で決まり。僕はプレゼンテーションを進行することになった。

昼の休憩時間のことだ。窓際の通路を歩いていると、南の机の上にあるノートが突然の風にひらりと開き、シャープペンシルが真ん中に置かれていた。目に入ったのは丁寧な字で書かれた短歌だった。

きみが歌うイエスタデイは俺にはツマローと聞こえる音楽室
窓に映るきみの挙手はまるで多奈川線から手を振るがごとし

僕はドキッとした。窓に映るきみってだれなんや。二組に南の想い人がいる。

南と北出と丹中は陸上部に入っている。南は短距離走、北出は長距離走、丹中は障害物競走を得意としていた。十月十五日、今年最後の夜店のある日だった。陸上部の三人はクラブの帰りに、夜店のある深日港の辺りを歩いていた。そこへ、バスケットボール部のメンバー数人と遭遇することになった。

「木野さん、ちょうどいい。今度の本選で着る衣装について話せえへん?」

「いいわよ」

南と北出と木野さんが三人で深日港の海沿いのベンチで話し合うことになった。丹中は競い合う相手だから、遠慮してもらうことになった。南に言われれば従うしかないが、少し不愉快そうだったが、「わかった」と言ってその場を離れた。

まず、木野さんが口を開いた。

「古代の衣装を真似るのも一つの方法だけど、南君の今に活かすという考えに立ったらどうかな。今の人にも『すてきね』と感動してもらえるようなファッションにしたらどうかな」

「それはいい考えやと思うよ。問題は、だれがデザインし、だれがつくるかやと思う。それに、材料を手に入れるのも考えやなあかんしな」

「じゃあ、私がデザイン考えるから」

「俺のばあちゃんに頼んだら作ってくれると思うで。材料は北出に任す」

「俺がかァ。まままた、めんどうなこと。まあ、クラスの子に頼んでもいいしな。何とかするけど、まず、デザインやな」

「デザインはまかして。父の書棚に古代の衣装関係の本があったと思うわ。出来栄えは保障できないけど、がんばってみるわ」

11　和歌山のU塾

村藤は、フォンターナで大北先生を待っていた。彼女は約束した時間通りにやってきた。花柄の赤いジョーゼット生地のブラウスを着ていて、彼女が座ると、鈴の形をした木製の耳飾りが少し揺れた。

「中学校まで、和歌山で暮らしていた、と言ってたでしょう」

「そうなんです。今、塾をしているのも和歌山で通っていた塾の影響が大きいな。U塾というんやけど、その先生は環境を守る運動に熱心で、その塾に入塾する前ですけど、埋め立て反対でハンガーストライキを三十三日決行し、今の磯ノ浦の海水浴場の砂浜を守ったと言われているんです」

「そんな立派な人に教えてもらってたんですね。ガイア塾の梅の植樹の参加や、現地学習会も彼の影響を受けてるんですね」

「そうかもしれない。彼がよく言うのは、今の生活様式が環境を破壊していると主張するんです。どの家庭もピアノ、車、豪華な家をもてば、必然的に環境が破壊されると」

「どの家庭も贅沢な生活をすれば、森林は破壊されるし、石油の大量消費で公害が発生するということね」

「そういうことやと思います。農民一人あたりの耕地面積はアジアを一とするとヨーロッパは十、アメリカは百。これは少し大げさやと思いますが、わかりやすく言ってるんだと思います。それで、日本人がアメリカ的生活をするとどうなるかと彼は問いかけるんですよ」

「日本でアメリカ的生活をすれば、白砂青松の海が埋め立てられ工場となり、山は山で切り崩して住宅地や工場の敷地にするしかないということですね」

「そういうことだと思います」

「どうなのかな。ピアノをほしがること、お琴をほしがることは何も悪いことではないわ。ピアノはあるけれど、豪華なシャンデリアはない。屋上を緑化してエアコンのない家も知ってるよ。豊かな生活って、贅沢なものがたくさんあることではない。そこに住んでいる人が豊かな気持ちになれれば豊かな生活ということだと思います」

今日の大北先生はいつもよりペースが速い。結論を早く言いすぎる。どうしたのだろうか。このまま、この話を続けると考え方の違いが見えてくるかもしれない。今の段階でそれは見たくない。別の話題に持っていこうとしたが、彼女はしっかりした自分の考えをもっているので、そのまま続けるしかなかった。

「みんな、そんな考え方だと問題はないと思いますが、実際はそうではないからね。ほとんどの家が物であふれかえっている。U塾では、毎年、春に奈良の『山の辺の道』を塾で歩きました。石上《いそのかみ》神宮から桜井までですが、途中で古墳や神社もたくさんありました。先生としては、生徒に日本の原風景を体験させて、『本当の豊かさ』を考えてほしかったんじゃないかと思います」

「私はまだ山の辺の道を歩いたことがないのよ。きっと人間的な光景が広がっているのでしょうね。石上神宮は、百済から献上された七支刀が有名でしょう。機会があれば一度行ってみたい所の一つです。でも、U塾の先生、言葉はふさわしくないですが、おもしろそう」

「そのおもしろさとちょっと違うけど、おもしろいですよ。急に笑い出すところが、何か子供っぽくってね」

彼女は数学の先生だが、歴史も詳しい。彼女と話すためには歴史、特に古代史をもっと勉強する必要があるかもしれない。だけど、今日の彼女にはいつもと違って、あまり余裕がなかった。何かあったのだろうか。その日は、彼女から祭りの時のお礼と、研修大会でのお琴の演奏についての確認の話をして、フォンターナを出た。見上げると、上弦の月が西に傾いていた。

12　制御できないパワー

クラブの帰り、丹中が声をかけてきた。

「どうや、本選の準備はできてる？」

「まあな。詳しいことは当日まで内緒」

「そうやな。俺らも内緒。まあ、お互いがんばろう」

「そうやな」

「それはそうと、この前、深日港で南君と木野さんが楽しそうに話してたけど、二人で何かするん？」

突然の話に、僕の心臓が一瞬止まった。

「ああ、内緒やもんな。ははは、じゃあな」と言って丹中は足早に去って行った。

僕は立ち止まったまま、進行方向を向いていた。顔面に力が入り、金縛りにあったようだ。歩き出そうとしたが、また、立ち止まった。丹中は、何を言いたいんだ。僕の体を冷気が走った。南の想い人は椿かもしれない。いや、僕がただ、そう思ってるだけかもしれない。丹中は僕を動揺させ、チームの結束力を弱めようとしているのか。そこまでして僕らに勝ちたいのか。いやな気分だ。僕は再び歩き出した。


本選は十一月六日。僕たちは協議を続けた。

「ミュージアムには拠点がいる。西陵古墳の近くに簡単な歴史館造ったらどうかな」

南が話を切り出した。

「それ、ええんちゃう。何でも拠点というもんは必要やでな」

北出はいつものように軽いノリで呼応する。

「どうかな。古墳自体がミュージアムやから、近くにお金のかかる現代的な建物はいらんで。岬町を一つの屋根と考える『まちじゅうミュージアム』の趣旨に反するし。古代の雰囲気が、もっと出せるんやったらええけど」

一瞬、場が凍りついた。南の意見に真っ向から反対する事態は今までになかったからだ。

僕はどうしたのだろうか。自分でもわからなかった。すると、木野さんが口を開いた。

「ジオラマを造ったらどう」

「ジオラマって、なんなん？」

「模型のようなものよ。淡輪古墳群を空から見下ろした風景の模型よ。どこにあるか、わかりにくい、五〇メートルの西小山古墳もジオラマだったら元の姿を再現できるでしょ」

「それもええな」

北出は相変わらず軽い。すると、淡輪の多賀井さんが口を開いた。

「ジオラマつくるんやったら、そこに、紀氏の首長の館や集落もつくればいいと思うよ。それと、劣化しやすいから屋根がほしいと思うけど、どうかな」

「それじゃあ、古代の雰囲気のする屋根つきのジオラマをつくるというのでどう？」

「ええんちゃう」

「南はどう？」

「それでいいと思うよ」

南は了承したが、心の中で僕の事をどう思っているかわからない。彼はどんな時も表情を変えない。僕は、自身の中に制御できないあるパワーが、ふつふつとわき出ているのがわかった。一方、今回も木野さんに救われた感じだ。

「きみが歌うイエスタデイ……」「窓に映るきみの挙手……」南の短歌が頭に焼き付いている。どうも落ち着かない。木野さんに対する接し方が前よりぎこちなくなってきた。僕は、心の中で木野さんのことを椿と呼ぶようになっていた。

13　岬まちづくりコンテスト

本選の前日、大北先生の指導で、僕らプレゼン発表者は黒板の前に立ち、本選の発表の概要をクラスのみんなに説明することになった。僕が当日の発表者と発表内容を説明し、それから質問を受けることになった。

「古代の衣装を着るみたいやけど、どんな衣装ですか？」

「ああ、二人とも、かっこいいで。どんな衣装か、明日を楽しみにして」と南が答えるとクラスのみんなは嬉しそうな顔をした。

「南君と木野さんは、どんな演技するん？」と質問は古代からやってきた二人に集中する。

「ははは。しゃべるだけとちゃうで。動き回るからな」南は気分が乗ってきたようだ。

「南君は『きーやん』で私は『みーやん』。私には巫女《みこ》の才能があって未来を予測できるの。何を予想するか楽しみにしてください」と木野さんも気分が上々だ。

大北先生から「二年二組の代表として発表するのだから、みんなに手伝ってもらったほうが

いいよ」と言われていたので、

「明日、南君の演技の中で、一緒に舞台に上がって、ある物を持ってもらいたいんやけど、だれか手伝ってくれる人いますか?」と、僕がみんなに要請すると、なんと男女四人が手を挙げた。僕ら五人だけで積み上げてきたと思っていたが、みんな、プレゼンに関わりたいんやな、と再認識した。最初、二人に手伝ってもらおうと思っていたので、じゃんけんで二人を決めてもらおうと思ったが、

「四人全員参加してもらったら」と大北先生が話されたのでそのようにすることにした。何か、僕らだけでなく、二年二組のみんなが参加、応援してくれるようで、確かに心強く思えるようになった。大北先生はいつもクラス全体のことを考えている。


今日は十一月六日。「岬まちづくりコンテスト」の本選の日だ。会場は体育館。全校生徒六百人と教職員が集まった。司会進行は大北先生である。彼女は企画の提案者であり、このイベントの企画、交渉、出演要請等を中心に動きまわってきた経緯がある。審査員は町長と議長、商工会と自治区の代表。そして校長と和歌山大学の教授の六人である。町長と校長の短い挨拶が終わり、いよいよ本選が始まった。

大北先生は、

「あなたたちのみずみずしく、柔軟な発想力で岬町を魅力ある町にしてください」と訴えた。

一番目は一年一組のドッグラン「犬の天国」だ。そのコンセプトは「愛犬と一日中遊べる場である。そのためには、散歩コースがいくつもあり、どのコースも途中で他のコースと交わることができるのが特徴だ。また、ドッグカフェがあり、愛犬の頭をなでながら食事や読書ができる。さらに、犬の遊具や道具がたくさんあり、愛犬と共に軽いスポーツが楽しめ、湧水を利用した水浴びスペースのあるドッグランがある。それだけではない。犬の美容室があり、獣医も常駐していて、犬好きにはたまらないかもしれない。

二番目は一年三組の「イルカの町、長松海岸でイルカと遊ぼう」。大胆な構想だ。イルカを見るだけでなく一緒に遊ぼうというコンセプトのようだ。この構想の特徴はイルカに餌をやり、一緒に泳いだり、カヤックに乗ったりしてイルカと心を通わすところにある。最後に、「イルカと一緒に淡輪から深日まで泳げるイルカロードをつくりましょう」と訴えた。

三番目の僕らは舞台袖《ぶたいそで》に移動した。南と椿は古代の服に着替えた。みんなを驚かそうという試みだ。緑色の衣装をまとった椿の方をちらっとのぞくと、一瞬目が合った。だけど、すぐに目をそらしてしまった。僕は何回もプレゼンで話すことを反芻《はんすう》した。

いよいよ僕らの番だ。南と椿が待機し、僕と北出と多賀井さんと昨日手を挙げてくれた四人の級友が舞台に上がった。岬町の大きな地図を描いた模造紙をホワイトボードにはり、僕は最初の一声をあげた。

「『岬まちじゅうミュージアム』を提案したいと思います。岬町には、博物館はありませんが、各地に歴史的な価値のあるものがたくさんあります。それを一か所に集めて展示する従来の博物館ではなく、そのまま現地に残し、岬町全体を一つの屋根にしたミュージアムをつくってはどうかと思います。『それやったら、案内板作ったら、ええだけやん』と思われるかもしれません。しかし、このミュージアムの特徴は『過去のものを現在に甦らせ、現在に活用する』ところにあります。

それでは、これから、岬町のあちこちにある岬町の財産を紹介したいと思います。まず初めに、みなさまを千五百年以上前の五世紀の岬町にご招待します。多賀井さんよろしくお願いします」

「淡輪《たんのわ》駅の前の大きな古墳をみなさんもご存知だと思います。淡輪では『御陵《ごりょう》さん』と呼ばれています。こんな大きな古墳は堺辺りまで行かないとありません。なぜ岬町にこんな大きな古墳が二つもあるのでしょうか。みなさん、土佐日記を書いた紀貫之《きのつらゆき》をご存知ですか？　とても有名な方です。その方の先祖である古代豪族紀氏がこの辺りを統治していました。今日は、その紀氏の首長と娘が登場してくれます。千五百年前からやってきました。みなさん、大きな拍手で迎えてください」

僕はプレゼンに集中した。舞台袖で南と椿が二人きりで出番を待っている。仲睦まじく話しているに違いない。いや、そんなことはどうでもいい。このプレゼンを成功させよう。

南は白い古代の服、椿は緑色の古代の衣装をまとい登場。特に椿の衣装は見る者を引き付ける。緑色の衣装の襟《えり》につけている赤い結紐《むすびひも》は上品だ。腰の赤い長紐《ながひも》によって衣装全体がしまって見えて、かっこいい。プリーツスカートのような裳《も》はカラフルで麗しい。現在にも通じるファッションだ。場内はわれんばかりの拍手喝采。

「あの人だれ？　かっこいい」

「あの女の子、かわいい」

あちこちから称賛と驚きの声。千五百年前からの登場に、みんなびっくり。

「私は、千五百年前からやってきた紀氏の首長だ。名は『きーやん』だ。みんなをまとめていくのには頭だけではだめだ。腕っぷしも強くなければ、みんなはついてこない。今から、私の腕っぷしの強さを披露しよう」

まずは、空手のような武術を披露した。動きが俊敏で、かっこいい。南は、いつこんな武術を身に着けたのだろうか。南という人間は本当に奥が深い。次に、縦四〇センチ横二メートルの帯状にした白い模造紙の両端を棒に貼り付け、昨日志願した級友四人が、それを高さ二メートル近くまで持ち上げた。すると、数歩の助走をつけて、南はいきなり「やー」と奇声をあげながら跳び上がり、右足で白い紙を蹴った。足は紙を貫き、真っ二つに分かれた。一瞬、場内は静寂になった。すぐに「ウォー」という驚きの声に変わった。そして、拍手。南の力はただものではない。三年生も恐れるはずだ。

「次に娘を紹介しよう。名は『みーやん』。娘は未来を予測できる能力がある。では一度聞いてみよう」と南は話を進めていく。

「はじめまして。『みーやん』です。古代だけではなく、今、あなたたちがいる、現在の未来も予測できます。一度、試してみたいと思います」

場内から「ほー」という声。

両手をあわせ、目を閉じ、数秒後、椿は口を開けた。

「三年以内に大北先生は結婚されます」

みんな驚き、視線は大北先生に一斉に向く。大北先生は、恥ずかしいやら、戸惑いの表情を見せる。

「ほんまかよう。そんなこと言っていいの」

「私の頭の中の未来の世界に、お二人が新婚旅行に行かれるのが見えます」

「相手はだれ?」

「男です」

一瞬の間のあと、あちこちで笑いの声。

「それはそうやろ。岬中学校の男の先生の中にいる？」と南はたずねると、

「ううーん。いない」

「そうか、がっくりしている先生も、いるんちゃう」

場内は大爆笑。古代の人に親近感をもったようだ。多賀井さんが最後にまとめた。

「古代の『きーやん』と『みーやん』はどうでしたでしょうか。古代の人達が現代にやってきて活躍する、そんな劇や映画がつくれればおもしろいですね。それと、紀氏の古墳や住居をジオラマで再現し、古墳近くに屋根付きで設置できれば、日常的に古代を感じることができて、いいですね」

南は着替えのために舞台袖に移動。椿はそのまま舞台の隅で待機する。ちらっと彼女を見る。椿は、緑色の袖を伴い両手を頬《ほほ》にあてていた。

ここまでで、与えられた時間の三分の二近くは使っている。あと十分で終えなければならない。僕はあせっていた。

「次に深日《ふけ》と孝子《きょうし》の文化財について、北出君に話してもらいます」

北出は、模造紙に書いた絵と文字を指示棒で指しながら、大きい声で話しだした。

「深日には『猪使公忠《いのつかいきんただ》』というエライさんがおって、猪を捕まえる名人やったみたい。『きんちゃん』と呼んでください。深日には猪専門の料理店がありますが、郷土料理としてもっと盛

り上がればいいですね。次に注目してほしいのは、山のふもとを掘ると壷石が出てきます。それをウバメガシと一緒に燃やすと鉄ができます。不思議ですね。深日のたたら場が実現できればおもしろいですね。今度は孝子です。習字の上手な橘逸勢《たちばなのはやなり》さん、修験道をつくった役小角《えんのおづぬ》さんのゆかりの場所があります。書道グランプリ、修行場ができれば、現在に生きてきますね」

北出は早口だけれどテンポのある語りでとても良かった。時間はまだある。

「最後に多奈川《たながわ》の文化財について南君に話してもらいます」

制服に着替えた南は、地図の描いた画用紙をもってきて、話し始めた。

「みなさん、『謎のトンネル』のことをご存知ですか。この辺りにあるのですが、いつ掘られたと思いますか。終戦の一、二年前ぐらいです。どんな人が掘ったのでしょうか。ほとんどが外国人でした。トンネルに入ると戦争の時代に戻ったようです。今、このトンネルを整備し戦争を考える平和学習の場所として活用したらどうでしょうか。他にも、多奈川には平安時代最大の歌人と言われる和泉式部の伝説があります。それにちなんで、短歌や俳句や詩のグランプリを実施し、南海電鉄にお願いして、多奈川線の電車内に掲示させてもらったらどうでしょうか。さらに、多奈川線を装飾して『動くミュージアム』にすれば、みんな見てくれるのではないでしょうか」

残り一分少々。僕ら九人は一列に並んで前を見た。椿の緑色の衣装は際立っていて観衆を魅了しそうだ。このプレゼンの象徴的存在になった。うまくまとめなければならない。場内を眺めた。桜がこちらを向いている。クラスの生徒や大北先生も目に入る。

「『岬まちじゅうミュージアム』の内容はどうでしたでしょうか。今、岬町の人口は減っています。元気がないとも言われています。岬町が活性化するためには文化を大切にするだけでなく、文化を創る町にならなければなりません。そのためにはどうすればいいでしょうか。古代には『淡輪王国』があったという人もいます。橘逸勢《たちばなのはやなり》の娘、あやめがこの地で文字を教えたという伝説もあります。それらは岬町の宝です。ぜひ物語にして絵本や劇や映画の作成を実現させ、それらを現在に甦らせましょう。岬町を一つの屋根と考え、神社仏閣に加え、あちこちにある文化財を『見て』『体験して』『活用する』そんな、『岬まちじゅうミュージアム』を提案したいと思います」

われんばかりの拍手。時間通りにまとめることができた。これは何だろう。この高揚感と達成感。みんなで知恵を出し合った、個人だけでは到底考えが及ばない世界。そしてその奥深さ。僕は、そんな空間に身を置く心地よさを感じていた。競争心、嫉妬、誇り、無力感、そんなものを包み込んでくれる得体の知れない大きなものに触れたようだ。

次に二年四組のプレゼンが始まった。丹中がほとんどプレゼンをリードしていた。すばらしかった。岬町の春を黄色で埋め尽くす、「菜の花プロジェクト」は循環型社会を見据えていた。

すでに琵琶湖周辺でも実施されているそうだ。休耕田に菜の花を植え、春を黄色一色に染める。電車や車の車窓から眺める光景はさぞかし見事だろうし、春の風物詩になるだろう。菜の花のつぼみは野菜として出荷もできるし、何と言っても菜種油は食用油として健康に良い。その油や使った廃油を使い石鹸もできる。ガイア塾で「石鹸づくり」を体験したことがある。こげ茶色のてんぷら油が白い石鹸に変わるにはびっくりした。半分に切った牛乳パックに水を入れ、その中に苛性ソーダを入れて混ぜると熱くなる。不思議だった。そこに使い古したてんぷら油を入れて混ぜるだけだ。二日後塾に来ると何と白い石鹸が出来上がっていた。魔法を見るようだった。身近なものを使って化学のおもしろさと有用性が実感できる授業だった。それにしても、やはり、丹中はただものではない。見る者の心を奪う一面の黄色、そして、循環型社会。審査員も、うなったのではないか。内容の奥深さでは僕らの方が負けているかもしれない。

次に、三年生のプレゼンが始まった。三年一組の「岬町に国内留学の施設を」三年五組の「図書館を核とした文化創造センター」どれもすばらしかった。

三年一組の「国内留学の施設」は「英会話ができるようになりたい」というクラスの生徒たちの願いから出てきた。いくら、英語を勉強しても身近に使える場がなければ、話せないのは当たり前だ。このプロジェクトは岬町に英語を使える場をつくり、さらに、関空に近いという利点を生かし、岬町を国際的な町にリニューアルしようというものだ。この施設には、留学する時に体験する場面がたくさん用意されている。例えば、空港、バスターミナル、学校、ホームステイ先、レストランや図書館等留学すれば必ず経験するシチュエーションで実戦訓練ができるということだ。ここでの体験は留学前の人はもちろん、海外留学を志望する人を増やすだろう、と彼らは説明する。

そして、三年一組のある女生徒が会場のみんなに質問した。

「みなさんに聞いてみたいと思います。『Shut up』ってどういう意味か、わかりますか。『シャットアップ』ですよ」

三年生の中から、小さい声で、だれかが「だまれ」と言ってるのが僕の耳にも入ってきた。

「さすが、三年生。『だまれ』という意味で正解です。でもみなさん。きょとんとしていますね。では、次に質問です。みなさん、みなさんの知っている英語で『だまれ』ってなんでしたか。テレビでも聞いたことあると思いますが」と問いかける。

今度は二年生から「シャラップ」という声が聞こえてきた。するとあちこちで「シャラップ」の声、声。

「そのとおりです。正解です。英語のリスニングやスピーキングをする上で知っておかなければならないポイントがあります。その一つがリエゾンです。tの後にアイウエオいわゆる母音がくるとtはタチツテトではなくてラリルレロの発音になります。だから、『Shut up』は

『シャットアップ』ではなくて『tuがひっついてラとなり、シャラップ』と発音するのです。ビートルズの曲で有名な『Let it be』も『レットイットビ』ではなくて『tiがひっついてリとなり、レリビ』と話しやすくなります。他にも『わかった』という意味で会話でよく使われるのですが、『I got it』は『アイガットイット』ではなくて『アイガリ』です。こんなことを知った上で練習をすれば、施設でネイティブスピーカーを前にしても物怖じせずに力が発揮できるのではないでしょうか」

彼女の説明はわかりやすく、まるで先生のようだった。

もし国内留学の施設ができれば、岬町に英語を学ぼうとする人が多く訪れるでしょう。そうなれば、近くにだれでも入れる英語オンリーのレストランやカフェ、そしてショップもできていくでしょう。岬町が「英語が使える国際的な町」に生まれ変わるのも夢ではありません、と彼らは訴える。

さすが、三年生だ。このプロジェクトが実現すれば、岬町以外の市町村や他府県からの利用者も増えるに違いない。

三年五組の「図書館を核とした文化創造センター」は最初から異例だった。全員が参加するプレゼンテーションで、まるで合唱コンクールのようだ。ひとりが発表するのが中心だが、要所、要所でグループや全体で発表する。たまげてしまった。迫力がありすぎだ。

「私たちは、もうすぐ卒業します」

「卒業すると、みんなバラバラになります」

「通学する電車が違えば、みんなとほとんど会えません」

「私たちは卒業しても、みんなと会いたい」

「卒業しても、みんなと会える場所がほしい」

「町の活性化のために何が必要か、先生や保護者にもアンケートを実施しました」

その生徒のせりふが終わるとすぐに、舞台に向かって左側から、ある生徒が巻物を広げるようにアンケートの結果を書いた模造紙を舞台右側まで広げていった。字も大きく「みんなの意見を聞いた」というのが視覚化され、発表に真実性と重みを持たせたようだ。すばらしかった。さすが、上級生。学ぶことが多い。そして、模造紙を持ちながら、一人ひとりの発表が続いていく。

「アンケートの中で一番多かったのは図書館です」

「二番目は、交流できる多機能型公民館です」

「岬町には図書館がありません」

「公民館もかなり古い上、高台にあるので高齢者などは歩いていくのがたいへんです」

「そこで、私たちは『図書館を核とした文化創造センター』を提案したいと思います」

「どのような図書館だったらみんな寄ってくれるでしょうか」

「すぐに眠くなる図書館はいりません」

「おしゃべりができ、食べたり飲んだりできるコーナーがある楽しめる図書館がほしい」

「じみで、ださいデザインの施設には若者は寄りつきません」

「私の祖母は言います。図書館は創作意欲をかりたててくれるそうです。岬町にゆかりのある資料をじっくり調べることができるなら、岬町に関わる絵本や小説を書きたいと言っていま す」

「私の母は言います。私を子育てする時、もっと絵本を読ませたかったそうです。そして、育児の悩みなどを話せるママ友と出会える場がほしかったそうです」

「僕の父は言います。新たな事業を立ち上げたい人のために、町に高速通信網を整備し、デジタル設備が整っている図書館が必要だと言っています」

「僕のじいちゃんはあまり本を読みません。しかし、何の目的もなくふらっと訪れても、おかしく思われない、そして、コーヒーを飲みながらゆっくり過ごせる、公園のような図書館がほしいと言っています」

「僕のばあちゃんは視力が良くありません。大きな字の本や音声による聞き取りができればありがたいと言ってます」

「私たちがめざすのは図書館だけではありません」

「図書館を核とした公民館、つまり文化創造センターです」

「図書館と公民館をたせば、一たす一は二ではなく、三にも四にもなる施設が可能です」

「ある先生は言います。本を読むと脚本が書きたくなって、さらに演劇グループをつくってみようかなと思ってくるそうです」

「私の叔母は言います。本を読むと、郷土料理や特産物を開発したくなるそうです」

「私の叔父は絵の同好会に入っています。図書館に来るたくさんの人に絵を見てもらうとやる気がでるそうです。見る人は見る人で絵を描きたくなるかもしれません」

「ある先生は言います。図書館と公民館がいっしょになると相乗効果が生まれる可能性があるそうです」

「年に数回しか使わない豪華なホールはいりません」

「コンサートや演劇、講演会をする時はホールになり、そうでない時は自習したり飲食したり交流したりできる多目的ホールがいいと思います」

今度はグループに分かれ発表する。

「私たちは、あと四カ月で卒業します」

「卒業してもみんなと会いたい」

「みんなと会える場所がほしい」

「大学生や社会人になって岬町を出ても、将来は岬町に住みたいと思える素敵な場所がほしい」

最後は全体でプレゼンを締めくくった。
「そのために、私たちは『図書館を核とした文化創造センター』を提案します」
最高だった。さすが、三年生だ。演劇と合唱コンクールを組み合わせたような、衣装と振りを加えるとミュージカルにでもなるような、リズミカルなプレゼンだった。保護者や先生にもアンケートをとったのだろう。その手法に学ぶことが多かった。大きな世界を垣間見たような気がする。

本選の審査結果は、翌朝、一階中央の掲示板に貼り出された。

「岬まちづくりコンテスト」結果

グランプリ
　三年五組「図書館を核とした文化創造センター」
町長賞
　二年二組「岬まちじゅうミュージアム」
（特別賞）

国際賞
　三年一組「岬町に国内留学の施設を」
環境賞
　二年四組「菜の花プロジェクト」

（付記）

本来は、グランプリと町長賞しか設けていませんでしたが、それらとほぼ同じぐらいの支持を集めました二つのクラスに特別賞を授与することに決定しました。また、一年生の一組と三組のクラスの発表も「自然とのふれあい」がテーマになっており、すばらしいものでした。これからの町づくりに活かしたいと思います。

　　　　　十一月七日　　　「岬まちづくりコンテスト」審査委員一同

　本選の三日後だった。僕は、昼休憩で三階から一階に下りようとした時、後ろから、「おめでとう」と声をかけられた。振り向くと、丹中だった。

「おお、丹中か。急に声をかけてきたんで、びっくりしたで」

「すまん、すまん。本選での進行、よかったで。おめでとう」

丹中は、ごきげんそうだが……。

「丹中のクラスも良かったな。審査員の得票数では変わらんかったと言ってたな」

「でも負けは負けやからな」

「勝ち負けだけでやってるんと違うやろ。まあ、でも、三年のグランプリはさすがやったな。クラス全員の総合力や。そこらは、僕らと違うわけや」

「ああ、そうやな」

「それで、何か用か」

「いや、『おめでとう』と言いたかっただけや」

「そうか。丹中にこそ『おめでとう』と言いたいよ。すばらしかった」

「猛はいつもそんなんやでな」

「正直、そう思っているよ。内容の奥深さで言えば、おまえらの方が上やった」

「ありがとう。猛と同じクラスやったら、グランプリいけたのに」

「三年になったら、同じクラスになれるかもしれへんで」

丹中の表情が少し変わった。

「おまえらと同じクラスやったら……」

何かを言いたげだったが、言わなかった。

「またな」

「ああ、またな」

丹中は一階中央にある購買部の方に向かって行った。丹中に対する不信と心のわだかまりが少しずつ消えていきそうだった。

何もかもが日常にもどりつつあった。プレゼンの成功。みんなで勝ち取った「町長賞」。歓喜と一体感に酔いしれていたが、少しずつ日常に戻るにつれ、満たされた心が徐々に何かと置き換えられていくような気がした。椿は、南のことをどう思っているのだろうか。

14　軍需工場で始まった授業

今日は夕方の四時に会う約束をしていた。大阪湾フェリーに乗り、淡路島に向かうトラックが三台続けてフォンターナの前を水しぶきをあげて通り過ぎていく。午前中から降り続いていた雨も止み、淡路島の上をおおった鉛色の雲に明かりが差して茜色に輝いている。

「先日はありがとう。みんな『良かった』って言ってくれてましたよ。それと、着物姿、素敵でした」

「本当？　ありがとう。参加者が百五十名以上でしょ。やはり、緊張しました」

「お琴の生演奏を聞くのが初めての人が多く、あの流れるような旋律に感動してましたよ。そうそう、ある塾の先生から、『あの人だれなの？』と聞かれました」

「それでどう答えたの」

「どう答えたって。『地元の中学校の先生』と答えたけど。どう答えてほしかった？」

「ばかー」

いつのまにか、冗談が言える関係になっているのに気付いていた。今日の大北先生はいつもの大北先生だった。

「そうそう、畑野猛は、えらい喜んでましたよ。塾に来るなり、『先生、町長賞もらったで』と報告してくれました」

「本当に良かった。猛君のプレゼン、すばらしかった。たぶん、かなり練習したと思うよ。なんか新しい世界を見つけたのか、人間的に大きくなったみたい。自信がついたと思うよ」

「話、変わるんやけど、最近、感激したことがあってね。今日は大北先生に聞いてもらいたくて」

「へー、どんなこと？」

「戦時中、川崎重工業泉州工場が今の関電や新日本工機の敷地にあったでしょう」

「そこでは、潜水艦や海防艦が作られてたわよね」

「終戦の一年前の七月に勤労動員が始まり、旧制岸和田中学校の生徒が働かされたでしょう」

「そうなんです。ある深日の岸中生は学業優秀で学校を代表する存在でしたが、真夏の潜水艦建造作業は過酷だったのでしょうね。亡くなったんですよ」

「聞いています。悲しいことです。勤労動員がなかったら、死ぬこともなかったし、今頃、世のため人のため、活躍されているでしょうに」

「ほんとうに残念です」

「ところで終戦の年にね、この軍需工場の一室で密かに始まったものがあるんですよ。大北先生、何だと思いますか?」

「密かにね。一室でしょう。わからない」

今日の大北先生は落ち着いている。表情も穏やかだ。前回は少しテンションが高く、圧倒された記憶がある。

「授業ですよ。しかも、大北先生が担当している数学の授業ですよ」

「ええ、数学の授業ですか。潜水艦を作っている工場でしょう。学校でもほとんど授業がない中でどうしてそれが可能なんでしょう?　一体だれが先生になったんですか?　その話を聞くのは初めてです」

「当時、朝鮮から二〇〇人ほどの若者が徴用されていて、彼らを引率監督する金さんという三十代の男性がいたんですよ」

「その人が先生ということですか」

「その通りです。現在、ある劇団に属しているTさんの回顧録によると、金さんは京城帝大、今のソウル大ですが、そこの出身でね。資材が届かなくなり、仕事が少なくなった時、『君たち本当は中学校で勉強していなくてはならないのに、こんな所でもったいないね。進学を考えているんだろう。僕が数学を教えてあげるよ』とTさんらに声をかけてくれたわけ」

「すごい話ね。支配被支配、民族を越えて、勉強したくてもできない日本の中学生のことを気の毒に思ったのね」

「すごい話でしょう。教室は工場の製図室でね、窓には図面台を立てて外から見えにくくしたらしいですよ」

「まさに秘密の授業ですね。でも、金さんと中学生だけで、そんな製図室をかってに使うことなんかできないと思うんだけど、だれか協力者がいたの？」

さすがは大北先生である。鋭いところをついてくる。今日の彼女は話をじっくり聞いてくれている。以前に増して包容力があり、話がかみ合った。

「そうです。いたんですよ。実はTさんのお父さんは副工場長でね、設計技師でもあったんです」

「なるほど、そうだったのね。だから、製図室だったのね。でも見つかったら大ごとになるところだったはずよ。時代が時代だから」

「岸和田中学校の生徒の中で、一つの小さなグループが誕生したそうです。床に広げた紙の周りに車座になって教えてもらったそうです。だから他の勤労動員の生徒には内緒だったみたいですよ」

「なるほどね」

「終戦の年の六月頃になると、資材不足で工場の作業がだんだん少なくなったんですよ。だからたぶん、『今なら授業をさせてもいい』という状況判断ができる人だったと思いますよ。Tさんのお父さんという人は」

「金さんの授業の内容はどうだったのかな」

「幾何《きか》が中心だったそうですよ。実は、わからないことも多いし、それで思い切ったことをしてしまったんですよ」

「思い切ったことって？」

「Tさんに、だめもとで手紙を送ったんですよ。住所がわからないから、劇団宛に送りました」

「それでどうなったの」

「それが、一ヶ月後にTさんから届いたんですよ。諦めかけていたところだったから、びっくり仰天ですよ。しかも便せん十一枚、達筆な字でびっしり書かれていて、資料も同封してくれてたんですよ」

「それは嬉しかったでしょう」

「びっくりしました。感激ですよ」

「そこには、どんなことが書かれていたの」

「金さんの人柄がにじみ出てくる文がありましてね」

「聞いてみたい」

「Tさんらがその日の仕事を終えて、詰め所に戻ったらね、朝鮮労務者どうしの喧嘩の話でみんな盛り上がっててね。『あいつら、絶対変えないんだな。北は頭突き、南は蹴り』と、身ぶり、手ぶりで伝えていててね、手をたたく者もいて、詰め所は笑いの渦だったそうです。Tさんらは、なぜか心が重くてね、すぐに詰め所を出たそうです。すると、前の事務所の前で金さんが仕事をしてたので、たまりかねて声をかけたそうです。『なんで喧嘩を止めに行かなかったんですか』とね。でも、彼は無言で下を向いて仕事を続けるわけ。しばらくしてから、彼の口が開いたそうです」

「金さんは何て言ったの」

「金さんはね、顔も上げずに『彼らはこうして勉強しているんだ。止めるわけにはいきません』とね」

「冷たく感じるけれど、『彼らはこうして勉強しているんだ』という言葉がひっかかりますね」

「そうでしょう。Tさんも、最初は不満、失望を抑えることができなかったみたいですが、考え始めたんでしょうね。すると、立ち去っていく彼の背中が急に大きく見えたそうです」

「背中が大きく見えたのね」

「そうなんです。Tさんはね、金さんの言葉はね、差別されている同胞に対する思いやりだと気づくのです。この時のことを、『民族を越えた大きな人間との出会いだった』と、書いています」

「その出会いが数学の授業につながっていくのね。何かが生まれようとする時って、本当にぞくぞくしてきますよね」

大北先生はいっしょになって感激してくれている。

「たぶん、授業ができたのは奇跡だと思います。工場の隣には海軍の施設があって、工場で働く人を監視しています。密告があれば、関係者は即、制裁を加えられるでしょう」

「ほんとにね。密告されれば、まず金さんが制裁を加えられるでしょうね。工場から追放されるかもしれませんね。金さんはそれでも数学を教えようとした。それはTさんらのグループが信用できると思ったのでしょう。だから、教えたいと思うようになったのかもしれませんね」

「そうだと思います」

「疑問に思うことがあるんだけど……。金さんは朝鮮人の若者には数学を教えなかったのでしょうか？」

「工場ではできなかったでしょう。もしかしたら、宿舎で教えていたかもしれませんね」

大北先生は別の角度から物事を見ようとする。だから、そこから新しい世界が見え始め、より真実にせまる考えが生みだされる。その姿勢には感心する。

「もし宿舎で同胞に数学を教えていたとしたら、勉強できないでいる日本の中学生にも教えたくなったと考えられないこともないわね」

「そう考えられると思います。もっと想像を膨らませると、金さんは数学の先生だったかもしれません。数学の教材も朝鮮から持ってきて、同胞の若者に教えていたかもしれません。そうだとすると、金さんが日本の中学生になぜ数学を教えたのか、より合点がいきますね」

大北先生は先に自転車で帰った。村藤はフォンターナを出てから、深日港沿いを歩いた。足取りは軽い。西の方を見ると、三日月と宵の明星が仲良く平山《ひらやま》の上で輝いていた。

15　衝撃

校舎の前に小さな池がある。僕は鯉の餌やりを任されている。池に近づくと、紅白の大きな鯉がやってくる。かわいいもんだ。僕は、明後日の飯盛山の遠足の事を思っていた。山頂から孝子ルートで下山する予定である。下山の最終地点には高仙寺がある。そこには、役小角の母の墓があり、みんなで「町じゅうミュージアム」をもう一度楽しもうと、一人考えていた。わくわくしていた。

「畑野君」

振り向くと、椿だった。いつもと違っていた。少しこわばった表情をしていた。

「ああ、木野さん、どうしたん？」

「ちょっと、話があるんだけど……」

間が少し空いた。いやな予感がした。

「同じクラブの同級生で、壁の掃除を手伝ってくれた時、一緒にいた梶本さん、知ってるでしょう。あの子、畑野君と友達になりたいと言ってるの」

僕はびっくりした。椿は出し抜けに何を言ってるんだ。僕なんか眼中にないということか。不愉快だった。僕はとっさに答えていた。

「友達ならいいよ」

どんな顔をして、そんなことを言ったのだろう。椿がそうなら、僕もおまえのことなど想っていないよ。僕は、椿の顔を見ず、すぐに姿を消した。あまりの衝撃で心臓が止まりそうだった。

ホームルームの時間が終わると、だれとも話をせず、すぐに階段を下りた。校舎の大阪ゴルフ側に卓球部の練習する木造の建物があり、その横に壁打ちができる場所があった。僕は、体操服に着替え、ラケットとテニスボールを持って、そこへ向かう。三階まで続く大きな壁に向かって、思い切りラケットを振った。はね返ってくるテニスボールをフォアハンドとバックハンドで何度も何度も打ち返した。鈍い大きな音が、校舎に響きわたった。

ボカーン　バン　ボカーン
ボカーン　バン　ボカーン
ボカーン　バン　ボカーン

16　独演会

遠足の前日に、「山頂に着いたら、プレゼンのメンバーで一緒に弁当を食べよう」と提案しようとしていたが、できなかった。僕は仮病を使い、遠足を欠席した。どうしても、そんな気分になれなかった。先日のあの出来事は僕にとってはあまりにも衝撃的だった。プレゼンの成果を共有しているみんなと、これからも仲睦まじく新しいことに挑戦していきたいと思っていたのに。まさに、青天《せいてん》の霹靂《へきれき》。せっかく築き上げたコミュニティも雲散霧消、関係が完全に途切れてしまった。今が未来に続いていく、そんな実感が心地よかった。だけど、突然断ち切られた未来への道。予想もしなかったこの展開。この閉ざされた道を突破するために、僕に何ができるというのか。

当日は陸上部三人で弁当を食べたそうだ。南と北出にはプレゼン仲間で弁当を食べようと言っていたのだが、僕が行かなかったから、できなかったのだろう。

その時からだったのかもしれない。南が毎日遅れてくる。二学期になってから、毎日遅刻せずにきちっと登校してたのに。僕は、自分自身のことで精一杯のはずなのに、なぜか、南のことは気になる。

この日も、南は授業が始まって十五分ほど経ってから教室に入ってきた。いつもなら、「遅れてすみません」と言ってから入るのだが、何も語らず、教室の真ん中にある席に着いた。張りつめた雰囲気の中、殺気だった視線に触れると、だれもとがめる先生はいなかった。

南が席に座ると、国語の先生は話し始めた。

「寺山修司の作品は見事だが、この人のふるまいはもうひとつだな。人の作品の一部を、特に俳句だが、使って短歌を作ったりして非難されている。また、何かで逮捕されたこともあるし……」と話し始めると、間髪いれず、南は席を立って口を開いた。

「先生は、寺山修司のことは何もわかってへん。彼は戦争で父親を亡くし、戦後、母親は米軍で働くことになった。多感な時に、彼はひとりぼっちになって、親戚の家で育ったんや。そんな寺山修司の境遇と寂しさを俺は一番よく知っている。彼は俺の支えであり、ヒーローでもあるんや」

国語の先生は細身で五十代後半ぐらいだろうか、決して高圧的ではなく、丁寧に教えてくれる先生だったが、南の突然の反応に驚きを隠せなかったようだ。

「先生、物事を現象だけで判断せえへんほうがええよ。必ずそこには理由がある。この世の中に完璧な人間なんかいてへん。もし、いてたとしても、完璧な人間に俺は救われへん。生きる力をもらうことができへんのや。

『マッチ擦るつかのま海に霧ふかし身捨つるほどの祖国はありや』(3)

寺山修司の代表作だから、先生も知っているやろ。この歌は先生が言うように、だれかの俳句の表現を取り入れたとも言われている。けれど、これほど衝撃的な短歌は見たことがないと言う人も多い。身を捨ててまで守るべき国というものはあるのだろうか、いや、ない。そういう意味やと思うんやけど、俺にとっては少し難しい。国のために戦争で父親を亡くし、戦後、寺山修司は、母親とも離れて暮らさなければならなかった。お国のために戦った結果が家族離散や。身を捨ててまで守るのは国ではない。じゃあ、愛する人や愛する家族のためやったらいいのか。いや、それもおかしいと俺は思う。死んだら愛する人が悲しむだけや。身を捨ててまで守るものなんて、ないんや」

今日の南は珍しくハイテンションである。いくら南のヒーローである寺山修司が批判されたといって、こうまでするだろうか。教室は南の独演会になったようだ。国語の先生は何とか場をおさめようとして、

「わかった。先生が悪かった……」と言いだすが、南は、

「ちょっと、待ってほしい」と言って先生の話をさえぎる。廊下沿いの前から三番目の席に座っている僕は、顔を左に向けて教室中央で立っている南の顔を見た。すると、今まで前しか向いていなかった南の顔が、窓際の一番前に座っている椿の方を向いたのだ。突然、冷気が僕の背筋を走った。やっぱり、そうだったのか。南の想い人は、椿だったのだ。椿はこの演説の遠因が自分にあることに感づいているのかもしれない。顔を窓側に向けながら、うつむいている。二人の間に何があったのだろうか。南の演説は途中から椿にも向けられているのかもしれない。演説はより一層力が入った。

「先生、大切なのはな、命をかけられるかや。愛する人や家族のために命をかけられるかどうかや。身を捨てるのと命をかけるのとは全く違う。先生、俺はな、ネフローゼという病魔と闘

いながらも人前では気丈にふるまおうとした寺山修司の寂しさがわかるんや。十九歳の若さでもうすぐ死ぬかもしれないという現実があってな、それを逆転するためにはな、言葉で自分の世界を創るしかなかったんや。彼は言葉に命をかけてたと思う。だから言葉の魔術師とも呼ばれたんや。

『海を知らぬ少女の前に麦藁帽のわれは両手をひろげていたり』(4)

この歌は教科書に載っていて、みんなが知っている短歌やけど、このころ作られたと言われている。俺が一番気に入っている歌や。死を目前とした現実を受け入れず、『こうありたい』と思える世界を言葉で作ったんや。けれど彼はすぐに、ずるいと思われ、矢面に立たされる。けれど、先生、俺にとってはヒーローなんや。寺山修司をけなすのはやめてほしい」

それまで、南の訴えを聞いていた先生は、知識だけでなく、本質を語る姿に驚き、圧倒されていた。

「わかった。南は寺山修司のことをよく知ってるな。そして本当に好きなんやな。先生が軽率やった。悪かった」

太い眉とぎらぎら輝く南の眼光を受ければ、まともに正視できない。再び、窓際に座っている椿を見た。どうも落ち着かない様子だ。下を向き、南に視線を向けない。時々、窓の外を眺めるばかりだ。二人の間に何かあったのだろう。せっかく、みんなで遠足を楽しもうと思ったのに、僕は遠足に行けなかった。それにしても、南はすごい。僕は南の足もとにも及ばない。

知識の量、説得する力、大人顔負けだ。彼の境遇はわからない。『じいちゃん』『ばあちゃん』が話題に出てくるだけで、家族構成など知らない。けれど、寺山修司と似た境遇なのかもしれない。南は本当に大物だ。感情を高ぶらせても、話がぶれない。僕は、そんな男と対抗している。

「俺はな、先生の授業が好きやけど、今日はやめとくよ。これから、芝生の斜面で海を眺めとくよ」

南は静かに教室を出ていった。先生は短歌の授業を中断し、漢字プリントの自習をすることになった。

昼の休憩時間、南は僕と北出に話しかけてきた。

「明日の朝、いいもの見せてやるから。校門に七時半集合。来れるやろ」

「ああ、行けるよ」

僕たちは心配していたが、少しほっとした。南は元の南に戻ったのだろうか。

翌朝、南と北出と僕の三人で海の方に歩いて行った。

「いいか、もうすぐや。その前に訓練や。顔を前に向いたまま、目だけ左に向けるんや」

「ああ、わかった」

これから、何を見ようとしているんだ。少し不安になってきた。

「五秒見れるかァ。いいか、ゆっくり歩いて、目だけ左や。戸の上半分が少し開いてるから、そこから中を見るんや。いいか、俺から行くから、後に続いて来いよ」

三十代ぐらいの女性が、旧式の手製のポンプで、井戸水を、じゃぶじゃぶ汲みながら、たらいで洗濯をしている。

チャプチャプ　チャプチャプ
気持ちよさそうに洗濯ものをすすいでいる。豊満な胸がゆれている。その谷間に目がいってしまう。思わず、目を前に向けた。

「これはちょっとしたのぞきと違うんか」

通り過ぎてから、北出が小さな声で言った。

「スリル感あったやろ。ゾクゾクしたやろ。帰りは、目だけ右に向けるんや。体験の上書きや。もっといいものが見えるかもしれへんで」

僕たちは海へ向かった。風が少し冷たい。波が防波堤にやわらかに打ちつけている。朝の陽ざしを浴び、淡路島は手が届きそうなぐらい近い。南が学校に遅れるのは、あちこち深日の町をうろうろして、南流の「いいもの」を探しているからかもしれない。

「さあ、帰るぞ」

いつもの南に戻ったみたいで安心した。僕は椿のことでやり場のない気持ちをずっと抱えていた。それが、南の事が心配になりだしてから、気持ちが少し落ち着いてきたようだ。

17　負の体験

小さい頃、淡輪の船守神社の前をよく通った。やぐら小屋を右手に見て、そこからなだらかな下り坂が、右にカーブしている。この風景は昔と変わらない。なつかしさがこみあげてくる。「へっついさん」と呼ばれている釜どのある広くて暗い台所と五右衛門風呂。坊主頭の私は祖父母や叔母によく頭をなぜられた。そんな祖父母の家も新しく建て替わっている。村藤一也は、記憶を頼りに細い路地を歩いていく。右手に大きな宇度墓古墳が見えると、もうすぐ淡輪駅だ。

今日は、大北先生が公民館で会議があるそうで、淡輪小学校の前の古民家カフェで会うことにしていた。畳の間で胡坐をかいて彼女を待っていた。大北先生は物事を掘り下げてよく考えている。疲れると甘いものを食べると元気になるそうだ。その中でも名古屋の名物の「ういろ」には目がないらしい。もちもちしたところがたまらないそうだ。そんな彼女の好きな詩人の一人に山之口漠がいる。沖縄の人で貧乏をこよなく愛している知る人ぞ知る詩人である。意外だった。ますますわからなくなった。お琴と山之口漠の組み合わせは、あまりにも神秘的で奥深い。不思議な人だ。

しばらくすると彼女がやってきた。厚地で緑色の上下を着た彼女は、薄い座布団の上に正座した。髪は後ろでくくらず、そのまま肩に触れていた。

「フォンターナもいいけど、ここも落ち着くでしょ。コーヒーがおいしいのよ」

「途中、船守神社の前を通ってきたんやけど、昔とあまり変わってなくて、とてもなつかしかったな」

「おじいちゃんとおばあちゃんの家がその近くにあると言ってたわよね」

「小さい時、正月になったら、お年玉もらいに行ったのを覚えてるよ」

「小さい頃の思い出ね。そうそう、船守神社のお祭りだけど、やぐらは知ってると思うけど、お神輿《みこし》が出るの、知ってる？」

「へー、お神輿も出るの。それは知らなかった」

「金のお神輿よ。とてもすばらしいのよ。しかも、海への船渡御もあってね。『お旅所』という所まで行くのよ」

「へー、すごいんですね。じゃあ、それも撮影したわけですね」

「もちろん。ばっちり、撮りましたよ」

「お旅所って神が休憩したり宿泊したりする場やね。淡輪のどこにあるんかな」

「黒崎海岸よ。風光明媚な所よ。有名な紀貫之の歌があるでしょう。地名の黒、松の青、波の白、貝の赤、あと一つ五色に足りないものがあるって」

「わかった。黄色と違う？」

「そのとおり。『黄がない』と歌うわけね。黄色は紀氏の紀をあらわしていて、この地を支配していた有力な豪族である紀氏だけれど、今はもう昔の栄華はないという感慨深い歌なのよね」

「貝が赤色ってピンとこないんやけど」

「正式には赤ではなくて蘇芳《すおう》なのよ。黒っぽい赤色のことよ。蘇芳というマメ科の植物でその心材から赤色の染料が取れるのよ。貝とどういう関係があるのかと聞かれれば、少しはっきりしないのだけれど、調べてみたら、蘇芳貝という赤っぽい二枚貝があるのがわかったの。他にもある巻貝の内容物を染めたら赤紫色になるそうよ。さらに大きな赤貝もへモグロビンがあるから身が赤いでしょう。ややこしいね。とにかく、平安時代には貝が赤というイメージがあったのかもしれないね」

「でも詳しいな。何でも語れるんやね」

「ははは、ありがとう。地歴部の顧問だし、この映画製作でも勉強したのよ」

最初、表情が疲れているように見えたが、いつもの明るく元気な大北先生に戻っていた。

「塾に入って、かなり伸びた生徒がいると思うんだけど」

「いますよ。中学一年生の途中から入塾した生徒なんやけど、塾の帰り際に『先生、学校おもろない』と言うんですよ。『どうして』と聞くと『授業がわかれへん』て言うんですよ。その子は this と that の区別も、わかれへんかったんやけど、急に成績が伸び出したんですよ」

「どうして伸びたのかな」

「きっかけは単純です。英語のミニテストをがんばろうと思ったみたいですよ。塾では、教えた教科書の重要文を三回以上書いて覚えてこいという宿題を出すんですよ。そのテストで満点を取り続けるようになるわけです。それが自信になったみたいです」

「どうして、ミニテストをがんばろうとしたのかな」

「それは本人に聞いてないからわかれへんけど、『これなら自分でもできる』と思ったんと違うかな」

「満点取れた時、嬉しかったでしょうね」

「そうだと思います。この子の場合はミニテストがきっかけになりましたが、学校がきっかけになった子もいますよ」

「学校が？　岬中学校。岬中学校？」

「そう、岬中学校。ここの学校は班学習を中心にしているでしょ」

「そう、仲間作りで教え合って共に成長していこうという考えからよ」

「それがきっかけになって、びっくりするほど伸びた子もいるんですよ」

「それは嬉しい話ね」

「人間って人に認められたら、やる気が出ますよね。同じ班の子に『教えて』と言われて、教えると『わかった』『ありがとう』と言われて嬉しかったそうです。『自分は教えることができるんや』と自信がついたみたいで、教えることに手応えを感じたんですね。だから、もっと上手に教えるために勉強しようと思ったようです。塾では、試験前しかやっていない国語の問題集を、先々やって『先生、解答ほしいんやけど』と言ってくるんですよ。ほんとに積極的に勉強するようになりました」

「みんなの前で発表したり、活躍したりして自信がついたというのはよく聞く話だけど、そんな華やかで勇気がいる場面ではなくても、人は認められると自信がつくということね」

「そういうことです。そういうことをね、教える人間はわかってなければなりません。自信がついたり、やる気が出てくるきっかけが教育の場面には、いくつもほしいということですよ」

「なるほど、勉強になったわ」

「よかった。ところで、前から聞きたかったんやけど、深日出身やのに、深日弁使わずに、上手な標準語使ってるでしょう」

「上手じゃないわ」

「冷たく聞こえる標準語もあるけど、大北先生の標準語はあたたかくて和めるよ」

「ありがとう。大学の時、放送部に在籍してててね、一時はアナウンサーを目指した時もあるのよ。だから徹底的に標準語を身につける練習したのよ」

「そういうことか。じゃあ、家でも標準語使ってるんですか」

「時々ね。でも、ほとんどがこの辺りの言葉よ。村藤先生の前でも深日弁使ってほしい？」

「いや、いいよ。今の言葉が気に入ってるから、今のままでいいよ。話は変わるけど、これも前から聞きたかったたんやけど、大北先生は小さい頃から今のようにしっかりしてたんですかね。そのように見えるんやけど」

「そう見える？　でもそう見えるだけよ」

「大北先生は、多面的な見方ができる数少ない方だなと思います。それは、小さい頃から落ち着いていて、しっかりしてたからかな、と思ってたんですよ」と、言った瞬間、彼女の表情が変わった。

「人間って、もとからしっかりしている人なんかいないよ。今でも自分の事、しっかりしていると思えない」

「ごめん、気分悪くした？」

「いいえ、大丈夫よ。でも、知っておいてほしいの。それはね、しっかりした人でも、みんな、過去にね、くやしくてたまらなかったり、トラウマになるような出来事を体験したりしてるのよ」

「……」

「中にはね、屈折して、心の中にね、どろどろしたものを持っている人もいるわ。でも、そんな負の体験と思われるものが、いつかエネルギーになって、人は成長すると思うのよ」

村藤は、町民体育館前にとめていた車に乗り、エンジンをかける。そして、思った。いまだ、一緒に車に乗ったことがない。近づこうとすると弾き飛ばされる。話す言葉も敬語混じりで、ぎこちない。情報を交換している時のほうが気が楽だ。とはいえ、今日の私は軽率だった。人間だれしも対人関係でいやなことを経験している。そんなことはわかっていたのだけれど、大北先生はそうではないかもしれないと思って、つい、無神経な質問をしてしまった。でも、それだけの理由ではないかもしれない。U塾の先生の話の時、いつも落ち着いて相手の話を聞く大北先生にしては余裕がないなと少し心配していた。そのこともあって、少し私的な話に踏み込みたいという気持ちが心のどこかにあったのかもしれない。あんなストレートな言葉で内面に入ってこようとする私を大北先生はどう思っただろうか。私の軽率な問いかけで、過去のいやな出来事を思い出したのだろうか。思慮の浅い私を見損なったかもしれない。

ヘッドライトは闇をくぐり抜けていく。灰賦峠《はいぶとうげ》を越え、岬中学校前の信号で停止した時、私は、思わずため息をついた。これからは、あんなしっかりした人でも、いや、しっかりした人だからこそ、よけいに思いやらなければならないのだ。

18　バケツリレー

授業が終わり、校舎を出て、少し急な坂を下りていた。潮の香りがする。僕は大きく深呼吸した。今日はみんなで土を海岸線からテニスコートに運ぶ予定だ。スコップとトタンのバケツ五個と一輪車一台を学校から借りて、リレー形式で土を運ぶ計画だ。雨が降るとすぐに水たまりができて、しかも乾きが遅い。最悪、三日間試合形式の練習ができない。

それを最初に指摘したのは副主将の上井戸だ。

「なんとか、さあんと来年の春の大会も優勝できへんで」

「ほんまやな。ほんなら海岸線にいい土があるから、それをここへ持ってこうか」

海岸線には露頭が多く見られる。砂岩と泥岩と礫岩の互層で約七千万年前の地層だそうだ。日本列島がまだ大陸と地続きで、恐竜も生きていた時代と聞いている。その露頭の下に良質な土が流れ落ち、道路の端に堆積していた。

「一輪車で運ぼか?」と上井戸が提案したが、僕は全員が参加できる計画を思い描いた。

「みんなでコートを造るという考え方でいこよ」

「そやな、そうすれば、みんなコートに愛着持てるしな」

　僕らはその土を部員十五名で運ぶ計画を立てた。一輪車にスコップとバケツ五個をのせ、僕は学校から五〇〇メートル以上離れている露頭に向かった。スコップでバケツに半分ぐらいの土を入れる。それを一人五〇メートル運んで次の人にリレーしていく。上り坂は二五メートル間隔にした。コートでは上井戸が土を入れる場所を指示した。

　バケツ五杯を入れてから戻ってくるまでの間、僕は海を眺めていた。なぜ、先生でもないのに、こんな派手で大胆な計画を立てたのか。上井戸が指摘しなかったら、してなかったかもしれない。

　鬱屈な日々が続いていた。あの日以来、椿とは話すどころか顔を合わしたこともない。プレゼン大会を通じて味わった一体感や高揚感は今はどこかにいってしまい、あるのは喪失感だけだ。僕は、この窮地を少しでも救ってくれるものを探していたのかもしれない。この計画がみんなのためになり、派手であれば派手であるほど、再び一体感を味わえ、今の閉塞感を打ち破れるのではないかと期待したのかもしれない。そうやって、いっときでも心の空洞を埋めるものがほしいと思ったのかもしれない。動機が不純だと言われてもかまわない。もっとも、身体的欲求以外で動機が純粋なものってどれくらいあるのだろうか。

　三往復して、バケツ十五杯分の土をコートに入れた。そして、最後にみんなでローラーで整地した。

「やったー」

「きれいになった」

「よし、次の大会、優勝するぞ」

歓声が上がり、みんな明るかった。その後、乱打をした。

ポカーン　ポカーン
軟式テニス特有のボールを打つ音が耳に入ってくる。それにつれ、固くなった僕の心がほぐれていくようだった。

19　月明かりの教室

二学期の終業式の前日だった。クラブを終え、家に帰ると電話がかかってきた。椿だった。びっくりした。

「畑野君、こんな時間で悪いけれど、話があるの。二年二組の教室に来てくれないかしら」

「教室？」

もうすぐ、日が暮れようとしていた。断ろうという考えもよぎったが、「わかった」と答えていた。

体育館と職員室だけ灯りがついていた。教室は全て暗い。そこに一人、椿がいる。音を立てず階段を上った。三階の廊下は暗く、冷たかった。遠くにタンカーの灯りが見える。僕は教室の後ろの引き戸をゆっくり開けた。月の光が教室に差し込んでいた。今日は満月のようだ。椿は窓から二列目の一番前の机に黒板を背に座っていた。机の上に光るものがある。

「どうしたんや」

「ごめん、こんな時に呼び出して」

「何かあったんか」と言って、僕は椿の斜め前に座った。

「畑野君に悪いことしたなと思って。この一カ月とてもつらかった」

「……」

「あの時、私の気持ちがはっきりしてなくて、梶本さんの頼みをそのまま伝えてしまったんだけど。そのあと、とても苦しくなって、落ち込んでしまって。梶本さんには『伝えられなかったよ』と言っておいたけれど、とてもつらかった。その時から、畑野君のことが気になりだしたのよ。なぜ、畑野君にあのような無神経なことを言ってしまったのだろう。それから、余裕がなくなって、せっかくみんなと仲良くなれたのに。『いっしょに食べよう』と南君が誘ってくれたのに、素直に受け入れることができなかったの。せっかく築きあげてきたものが崩れていきそうで」

南が遅刻しだしたのは、そういうわけがあったんや。

「人間の本心というか内面って、意識しているものが全てって思ってたけど、そうではなかったんや。無意識の部分が人を動かす時があるってわかったんや」

「どういうこと?」

「ごめん。急に難しいこと言って。この前、『友達ならいいよ』と言ってしまったのは、実は本心じゃないんや。でも、反射的に言ってしまったんや」

「私が悪かったのよ。そんなことを言わせてしまった私が無神経だったのよ」

「『君がそうなら、僕も君のこと関心ないよ』という一瞬わき起こった感情が、あのような言葉になってしまったんや。もっと適切な言葉があったはずやけど、言ってしまったんやからしかたがない。もうどうにでもなれと、後先を考えなかったんや」

「……」

「でも、それは、ほんとに怖いことや。今でも思い出す時があるけど、一学期、挨拶がきちっとできない僕に職員室に『挨拶がなぜ大切か』聞きに行かせた社会の先生いてたやろ。あの先生もその時、反射的にそういう方針が浮かんだと思うんや」

「あの時ね、先生は畑野君が教室を出てから、私たちには自習を指示し、ずっと窓から外を眺めていたよ」

「そうなん。でも、窓から外を見てたのは、僕が、職員室に行ったかを確かめたかっただけやと思うで。先生は生徒になめられるのを一番いやがる人やから」

「そうかもわからないけれど、つらそうに見えたよ」

「どんな思いで教室を出て、職員室に向かったか、先生にはわからない。わかってないと思うで。『ちょっとやりすぎたかな』と思っただけやで」

「いつもきちっと挨拶している畑野君が、よそ見して挨拶しただけで、注意すればいいだけなのに、なぜ畑野君に職員室に行くように指示したのか。畑野君が気の毒だった。でも、先生のあの落胆ぶりを見ると、その時ははっきり分からなかったけれど、畑野君に対しての何か強い愛情を感じたの」

「愛情？」

「そう愛情よ。愛の鞭のような、そんなものを、感じたのよ」

「でも、愛情といじめは紙一重やからな」

「そうね」

「でも、あの時は本当につらかった。かっこ悪かったよ」

「ううん、全然そんなことなかったよ。前も言ったかもしれないけれど、教室へ戻ってすぐに教壇に立って、みんなの前で堂々と演説したでしょ。ふつうは、先生が言ってから話すよ。その瞬間、主導権が畑野君に移ったなって思ったよ。だから、かっこ良かった。そして、驚いた。やるなと思ったよ」

「君だけだよ。そんなこと言ってくれたのは。だから……」

「だから……」

「僕は君の言葉で立ち直れたんや」

椿の手が机の上にのっていたら、僕は握りしめていたかもしれない。黒板の下の木製の三角定規やコンパスが浮かび上がる。窓側の方眼の小さい黒板に書かれた五目の○×もはっきり見える。

「もう帰ろう」

「うん」

二人は物音を立てず、教室を出た。まるで逃避行のように学校を後にした。僕らは何も話さず、国道二六号線沿いの歩道を歩いた。歩道の段差の時に肩が触れる。そして、離れてはまた触れる。

ガタンガタン　ガタンガタン
昭南橋を渡り始めた時、多奈川線の灯りが川面を通り過ぎていった。見上げると満月が高みから僕らを照らしている。

「ここでいいよ」

「いや、ロータリーの歩道橋下まで送るよ」

僕らは少し離れて歩いた。

「じゃあ、あしたな」

「ありがとう。あしたね」

夢を見ているようだった。教室に差し込む月の光。黒曜石の瞳に光るものがあることに気付くまで僕は素直ではなかった。その時からだったかもしれない。本心で語り合えたわずかだけれど確かな時間があった。触れ合った肩のぬくもりがまだ残っている。

20　勇敢な犬

冬休みに入った。この休みの間に成し遂げたいことが二つある。一つは、来年早々にある校内マラソン大会で上位に入ること。二つ目は、英語を総復習し、定期テストで高得点を取ることである。

朝七時起床。トレーニングウェアに着替え家を出発。吹く息は白い。千歳橋を渡る時、淡路島の方を見るとびっくりした。日本アルプスの山々が出現しているではないか。秋から冬にかけて、雲は芸術品を作ってくれる。空を見るだけでも楽しい。それから、府道を横切る。白雲台沿いの小道を直進し、「池谷」に入る。目指すゴールは南條池だ。門前川沿いの玉葱畑を見ながら軽く走る。玉葱がたっぷり入った「肉じゃが」が僕の大好物だ。泉州は玉葱の発祥の地であると言われている。米の裏作として、玉葱を作る農家が多く、玉葱小屋があちこちに建っていたらしい。今はほとんど見られない。

なだらかな上り坂を走る。途中で出会ったのは、墓参りに行くのだろう、ビシャコを篭に入れた自転車に乗る初老の男の人だけ。もうすぐ南條池に到着するところで、走るのをやめた。体が温まっている。僕はポケットから紙片を取り出し、

「How can I get to the nearest station？」と声を出した。

英語重要文を暗記する訓練だ。だれもいないから、いくら大きな声を出しても大丈夫。歩いている間や南條池にいる間は英語の暗記の訓練をした。南條池の近くには、和泉式部ゆかりの影見ヶ池があるが、寄らずに帰る。下り坂だからスピードが上がる。風が頬に触れて冷たいが心地よい。前方を見ると雲の峰の上に勇敢な犬が現れ、今にも飛び跳ねようとしている。爽快だ。

帰りは門前川沿いをずっと走る。振り返ると、椿が住んでいる白雲台の団地が見える。「隣が山」で「海も見える」と言っていたから、あの手前の右の建物だろう。きみは今その四階に

いる。もう起きて朝食を食べているところだろうか。窓から外を見て、淡路島の上に現れた銀白色の峰々を目にしただろうか。

国道二六号線のロータリーに出た。ロータリーといっても信号が出来てから、円形部分がなくなって、名前だけが残っている。じいやんによると、戦後、深日の盆踊りが二回ほど、ここで行われたそうだ。円形部分に櫓《やぐら》を組んで、若者の多くは朝まで踊ったらしい。露店も出て、賑わったと聞いている。

横断歩道を渡る。多奈川線が三連のアーチの高架から鉄橋をゆっくり渡っていった。

ガタン　ガタン　ガタン

帰宅して、朝食を取り、すぐに机に向かう。英語の総復習だ。チラシの裏に英単語を何回も書く。二年生の教科書を初めから読んでいき、学校や塾の問題集を最初からやり直す。「こんなこともわかれへんかったんか」と反省しきり。午前中で二時間勉強を完遂するのが目標だ。十日間これを続ければ、必ず高得点はとれるだろう。僕は自信に満ちていた。

21　お燈《とう》まつり

三学期が始まった。相変わらず、南は遅れてくる。北出もやはり軽い。

「南君、また深日の町を徘徊してるのかな」

「どうかな。今日は寒いしな。単に寝坊と違うか」

南だけでなく椿もまだ姿を見せていない。遅れる理由がわからない。

体育館での始業式を終え、教室に向かう時、南は階段を上ろうとしていた。

「おはよう」と声をかけると、

「おはよう。今日から三学期やな。今年もよろしく」と言って南は手を差し出した。どうしたんだろう、あらたまって。

僕らは握手した。昨年はいろいろあったにしても、僕は南を尊敬している。教室に入るなり、南は言った。

「今度のマラソン大会やけど、目標は何位？」

「三位以内かな」と僕が答えると、北出が会話に入ってきた。

「猛、すごいやないか。俺、陸上部で長距離走ってるのに。目標五位以内やで」

「テニス部って長距離走得意な子多いで。毎日海岸線を走ってるし、いくら陸上部でも負けへんで」

「南君は目標何位？」

「俺は短距離が得意やけど、長距離はそんなに得意ではないんや。瞬発力はあるけど、持続力はもうひとつや。でも、俺は今度は頑張るつもりや。目標は十番以内。どうじゃ」

「それやったら、三人みんな十番以内やんか。おもしゃいな。陸上部の名誉にかけてテニス部の猛には負けへんからな」

「よし、三人で競争や」

担任の大北先生が教室に入ってきた。いきなり、北出は大北先生にたずねた。

「先生、木野さんが来てないんやけど、どうしたん？」

「ああ、九州へ里帰りに行って、事情でまだ戻れないという連絡があったよ」

北出はなぜ木野さんのことが気になるのだろうか。北出も木野さんのことを気に入ってるのだろうか。あるいは僕らの木野さんへの想いをうっすら気付いていて、気を利かせているのだろうか。でも、北出が聞いてくれたおかげで、少し気が楽になった。

翌日、授業が始まった。珍しく南は定刻通り学校に登校してきた。

「悪いけど、授業終わったら教室に残ってくれへんか。話したいことがあるんや」と僕と北出に言ってきた。昼の休憩時間でもいいのにと思いながら、

「いいよ」と二人は答えた。

しかし、南に何があったのだろうか。こんなあらたまった南を初めて見た。


教室の窓から深日の町並みがよく見える。高台の上に建った校舎の三階から見るパノラマは本当に美しい。深日小学校の手前左側になだらかな丘のような山があるが、かつてそこには巨大な松が一本立っていたそうだ。じいやんによるとその一本松が漁師にとっては漁場を決める目印やったらしい。そして、「深日の象徴」でもあったと言っていた。

僕と北出は窓側に座り、南は窓側から二列目に座り、静かに話し始めた。

「和歌山の南の方へ旅行したことあるか?」

「白浜やったら行ったことあるけど、それがどうしたん?」と北出は答えてから聞き返す。

「和歌山県の端っこ、三重県に接していて熊野川の河口にある都市やけど知ってるか?」

「新宮やろ」と僕が答えると
「さすが、猛やな」

「その新宮には『ごとびき岩』という大きな岩があるんや」

「『ごとびき岩』、めっぽかいな名前やの。なんなん？　その岩は」

「国道からも見えるぐらい大きな岩や。その岩のある神倉神社で行われる有名な祭りがあるんや」

「祭りてか。そこに一緒に行こか、という話か？」北出は結論を先に聞きたがるが、南は依然とマイペースで話し続けた。

「夜、白装束の男が松明《たいまつ》持って神社から階段を下まで下りていくんや。大勢やからまるで熱い溶けた鉄が溶岩のように流れ落ちてくるようだと言われているんや。その祭りの名前を知ってるか？」

「わかった。『新宮火祭り』やろ」と北出は得意げに答えた。北出は明るい。まちがっててもかまへん。あたったらもうけもん、という考え方やから。

「おしい。さすが、北出や。よく似てる。祭りの名前はな『お燈《とう》まつり』て、言うんや。毎年二月六日にあるんやけど、寒い時期なんや」

「南君、そこへ一緒に行けへんかという話か？」と、先ほどの質問を繰り返す。

「ほんまやな。一緒に行きたいでな。でも、それは無理やな。平日やし、遠すぎる。宿泊さあんと無理や」

「そやけど、南君は『お燈まつり』に行くんか？」

南は僕らに何を言いたいんだろう。どうも遠回しに話しているようだ。しかし、突然、南の表情が変わった。

「新宮へ行くことになった」

いきなりのストレートな言葉に僕はびっくりした。「行くことになった」と南は言った。これはただごとではない。

「新宮へ引越するということか」と僕はたずねた。

「そうや、俺は決断した。おまえらに話していなかったけど、母親が仕事の関係で新宮に住んでるんや。仕事が不規則やから、一緒に暮らせへんかったけど、もうすぐ十五歳やからな。昔やったら元服で大人やから、夜勤の時も一人で過ごせるんと違うかということや」

「いつ、引越しする予定なん」と僕はたずねた。

「三学期の終業式まではここにいるよ」

それを聞いて僕は少しほっとした。二月のお燈まつりの話が出たから、一瞬、すぐに転校かと思った。でも良かった。

「卒業するまで岬中にいてたらいいのに。またなんでなん?」と北出はうろたえている。

「母親が言うには、高校入試もあるし、一年間だけやけど新宮の中学校へ通っといた方がええんちゃうと言うんや。顔見知りもできるしやて。それもそうやなと思ってな」

「そっちではどんな高校あるんかな」と僕は聞いてみる。

「新宮高校や。俺はこの高校が気にいってる。作家の中上健次の母校やし」

「中上健次って芥川賞とった人やろ」

「そうや。寺山修司と同じで四十代で亡くなったんやけどな」

「将来何になりたいと思ってるん？」と僕はとっさにそう言った。こんなことは今まで聞きたくても聞けなかった。

「創る側に身を置くつもりや。詩や小説、映画や演劇、テレビドラマもいいな。建築にも興味があるしな」

「さすが、南君。俺ら将来の事あんまり考えたことないし」

「猛は何になりたいんや」と僕にたずねた。こんな質問は今までされたことがない。やはり、南も人間。寂しくなってきたのだろうか。

「はっきり決めてへんけど、この前のプレゼンの体験から、みんなが楽しめる何かを立ち上げる仕事もええなと思ってるんやけど」

「それも俺と一緒で『創る』ということやと思うで」

　一日置いている人間が転校する。おそらく、転校を決意させたのは椿との関係からだろう。南という人間は、はみだしているけれど、本質を突いてくる。僕はいつも彼の背中を見ていた。

22　古代豪族紀氏《きし》の末裔《まつえい》

椿は今日も来ていない。始業式から一週間が経った。都合があるとはいえ遅すぎる。北出もそう思ったのだろう。大北先生が教室に入るなり口を開いた。

「先生、木野さん、どうしたん？　もう始業式から一週間経ってるで」

「今朝、木野さんのお父さんから連絡あったよ。お父さんの都合でまだ娘を大阪に戻せないみたい。近日中に連絡をしてくれると言ってたよ」

「そうか。まだなんか」

授業中、彼女の事を思い描いた。憂いを秘めた口元が微笑みにかわっていった月明かりの教室のこと、そして、終業式の笑顔。不安な日が続く。南が転校するし、椿が来ない。なぜか、中学生活の転機が訪れたような気がした。

マラソン大会の前日だった。お昼の休憩時間に大北先生から控室に呼び出された。

「猛君に伝えたいことがあるの」

「……」

大北先生の表情から僕は覚悟した。

「木野さんはこっちに帰ってこないそうよ。彼女のお父さんの都合でね」

「ということは、転校するということ？」

「そうね。そういうことになるわね。詳しいことはお父さんの口から聞いてないからわからないけど」

「でも、先生。どうして僕だけにそのことを伝えるん？」

「いや、みんなには、今日伝えるつもりよ。みんな心配してるから。猛君にここに来てもらって伝えるのはわけがあるのよ」

「わけ？」

「実はね、十二月に入ってからかな、木野さんがなぜか元気ないのよね。それで、声をかけたら『畑野君に悪いことした』と打ち明けられてね。少し事情聞いたのよ。その時は『畑野君に気持ち伝えた方がいいよ』とアドバイスしてたんだけど」

「そういうわけか……。木野さん、こっちに来ることあるかな？」

「それは、わからない。今回もどんな事情か、ほとんどわからないのよ。謎なことが多いのよ」

「謎？」

彼女の事は何もわかっていない。どうして岬中に転校してきたのかも聞いていない。僕にとっても彼女は謎だらけだ。

「彼女は自分から紀氏の末裔と言ってたそうね。調べてみると、彼女は熊本県宇土市出身なの。本当にびっくりしたのよ」

「びっくりした？」

「そう、びっくりした。淡輪駅前の古墳は紀氏の墓とも言われているよね、その古墳の名前は、宇度墓古墳って言うでしょう。この『ウド』と木野さんの出身地である宇土市の『ウト』いっしょでしょ。さらに紀氏の墓で馬冑《うまかぶと》で有名な和歌山の大谷古墳が飯盛山の向こうにあるのよ。そこの石棺、なんと熊本県の宇土半島の根元で産出された石で造られているのよ。もっと決定的なことを言うとね。そこの有力者は宇土氏といってね、紀氏の流れを汲む豪族と言われているの」

「ということは、木野さんは紀氏の流れを汲む宇土氏の末裔ということですか」

「その可能性があるわね。だから、紀氏の末裔と言ってたのかもしれないね。木野さんのおじいちゃんとおばあちゃんがそこに住んでるそうよ。だけど、今回どうして、岬町に戻ってこれないのか、わからない。謎といえば謎よ」

僕はがっくりきた。もう、彼女の顔を見ることができないのだ。控室を出て廊下を歩く。歩いているのではない。廊下が僕の方に向かって動いてくる。僕は足踏みしているだけだ。

翌日、マラソン大会が開催された。僕はこのマラソン大会を楽しみにしていた。この日を見据え、この日に全力を出し切るために、冬休み、頑張ったつもりだ。本音を言うと優勝をねらっていた。

みさき公園の駐車場の入口を出発し、海岸線に出る。その日は白波がたつくらい寒風が吹いていた。海岸線を走る。白い波頭が何度も何度も襲ってくる。コンクリートの護岸にぶつかり、砕け、しぶきを上げる。顔面にぶち当たる潮風が、むしろ、走ることに集中させる。

僕は二位集団の先頭を走っていた。北出もその集団の中にいた。トップは数十メートル先を独走している。彼はいつもトップで、二位以下になったことがない。そんな絶対的なランナーを抜いてしまおうと考えていた。人形岩を通り過ぎたところで二位集団から前に飛び出した。徐々にトップとの差を縮め、上り坂で一気に抜く作戦でいた。ペースを上げ、差が一〇メートルぐらいになった。関電の煙突が目の前だ。もうすぐ海岸から離れ、上り坂だ。一気に追い抜こう。それを上りきるとゴールの運動場はすぐそこだ。上り坂に入り、腕をさらに速く動かそうとした時、どうしたのだろうか、脚が上がらなくなった。同時に呼吸が苦しくなった。どうしたのだ。あれだけ、冬休みに訓練したのに、思うように前に進めない。だんだんスピードが落ちていく。体がゆうことをきかない。僕は後続のランナーに一人また一人と抜かれていった。もうゴールの運動場が見えてきた。また、一人抜かれた。一体、僕はどうしたんだ。何をやってるんだ。虚しさが体全体に広がっていく。力が抜けて倒れそうだ。万事休すと思った時、北出が僕を抜かそうとした。どうしてか脚がかってに動きだし、僕らは競り合った。結果は北出と同時ゴールで二人とも五位だった。

マラソン大会の今日、クラブはなかった。放課後、深日港を一人で歩いていた。午前の寒風も和らぎ、海は凪いでいた。白鷺《しらさぎ》の「マーちゃん」は釣り場にやってくる。この時期はほとんど何も釣れないのに、釣り師が何人か糸をたらしている。メバルねらいだが釣れるのは小サバだけ。「マーちゃん」はフェンスにとまり、人が近づいても飛び立たない。なぜなら、釣り師が釣った小サバを首を長くして待っているからだ。釣り師の一人に小学校の時にお世話になったソフトボールチームの監督がいた。「マーちゃん」は、監督が放り投げた小サバに食いつこうとする。しかし、悲しいかな、嘴《くちばし》には入れることができても、呑み込めない。監督が言うのには、釣り針が喉にひっかかっているため、呑み込めないのだそうだ。悲しい「マーちゃん」。

ところが、突然奇声をあげた。すると、嘴からはみ出していた尾びれが、いつのまにか消えていた。「マーちゃん」は渾身の力を振り絞り呑み込んだのだ。痛かったろう。しばらくして、波止の先端にある赤灯の方に飛んでいった。

23　斑鳩《いかるが》と平群《へぐり》

　それから一年が経ち、そして春になった。僕は今、大北先生の隣に座っている。バスは町役場を出発し、高速道路に入ろうとしていた。大北先生の誘いで町主催の歴史散策で斑鳩《いかるが》と平群《へぐり》に行く企画に参加したのである。そこにはお世話になった塾の村藤先生も参加していた。僕は四月からの高校生活に胸をふくらませていた。

　この一年は僕にとって順風満帆だった。三年になると、英語の成績も伸び、クラブでは郡市大会で優勝した。そして、桜と同じクラスになった。彼女はだれに対しても面倒見がよく、僕に相変わらずやさしかった。だけど、お互いわかっていたのか、微妙な距離を保ち続けた。近づきすぎることが二人の関係を疎遠にする恐れがあることに気付いていたのかもしれない。腐れ縁か、北出も同じクラスになった。彼とは三年連続同じクラスである。本音を言える唯一のクラスメイトであり、笑いが絶えなかった。

幸せとはそんな平穏な日々のことかもしれない。けれど、人間は時として、手ごたえのあるものに惹かれてしまう。あの中二の時の高揚感は今も体が覚えていて、その熱量で心が揺り動かされる時がある。

あの屈辱感から全てが始まった。みんなの中で築き上げてきた僕という存在が瓦解して、暗い地の底に落ちていくようだった。そんな僕を這い上がらせてくれたのは椿だった。彼女のあの一言で僕は立ち直ったのだ。そして、さらに僕の心を奮い立たせてくれたのは南だ。椿と南は僕にとって特別な存在だった。繊細さと荒っぽさを同時に兼ね備え、一人先んじる南という男。大人っぽくて、不良の匂いを放ち、僕を魅了する。秩序に逆らってまで、己の信念を貫き通し、境界を突破していく。そんな男を僕は、一時ライバル視した。今頃どうしているだろうか。彼なら受験前といえども、二月の「お燈まつり」に参加したに違いない。南とはそういう人間だ。また会いたい。

法隆寺を見学して、夢殿のそばを通り過ぎ、中宮寺を訪れた。本堂は四角い池の中にあった。やさしく折り曲げられた右手の指を口元に添え、静かに微笑みかける。僕はその半跏思惟像の前でしばらく佇んでいた。その口元を見つめていると、あの月明かりの教室で、憂いが消え、微笑みにゆっくりと変わっていったあの椿の表情にとても似ていることに気付いた。

心が初めて通い合ったその日に戻りたくても、もう戻れない。終業式には話せなかったけれど、満面の笑顔を僕に残してくれた。それで十分だったのだ。なのに、彼女は僕の前から突然姿を消してしまった。どうしてだろうか。僕に電話をかけてきたのが、なぜ終業式の前日だったのか。その時はもう転校することがわかっていたのだろうか。少なくとも、そんな話が浮上していたのかもしれない。それなら、どうして、そのことを打ち明けてくれなかったのか。本当に謎だ。けれど、それは傷心した僕に対する思いやりだったのかもしれない。

あの自暴自棄になりかけた二年生の一学期。消沈して前を向けなかった僕を椿は救ってくれた。二学期、南に対抗した時も彼女は「ジオラマ」を提案してくれることで僕らの関係に亀裂が入るのを防いでくれた。今思うと、彼女は、みっともなくても、不完全なものでも、敢然と立ち向かうものに寄り添ってくれる人だった。

平群坐紀氏神社《へぐりにいますきしじんじゃ》に向かっていた。竜田川《たつたがわ》をはさみ、広い斜面が山のふもとまで続いている。小菊を栽培している畑に沿った道を、大北先生と村藤先生の間に入り僕は歩いていた。

「大北先生、平群に、なんで紀氏神社があるんですかね」と、村藤先生は僕を通り越して話しだした。

「そうね、一つは難波津に倉庫が出来たことが大きいのではないかと言われています」

「なるほど、今の大阪市に倉庫ができたから、和歌山にある紀の川の鳴滝の倉庫がいらなくなったということか」

僕は会話に入れなかったが、話を聞いていた。

「そういうことだと思います。だから紀氏の紀の川北岸勢力や淡輪の勢力が平群に移ってきた可能性があると言われています」

大北先生はさすが地歴部の顧問だけあって歴史に詳しい。適度な距離を保っていたが、途中で僕は少し後ろを歩いた。右側前方に大和葛城山が見える。その向こうには金剛山が見えるはずだが、はっきりわからない。畑の中にこんもりとした小さな森が見えてきた。

「でも、もっと前から紀氏もこの辺りに住んでいたそうよ。平群坐紀氏神社もかつては椿井《つばい》という場所に鎮座していて、平群神社と五百メートルほどしか離れていなかったそうよ」

「そうか、淡輪や紀の川北岸勢力がここに来る前から紀氏が平群氏と仲良く住んでいたから彼らは来やすかったのか」

僕は「椿井《つばい》」が「つばき」と聞こえて一瞬ドキッとした。

さらに驚いたのは平群坐紀氏神社を前にした時だった。神社の鳥居の横を見上げると、被っている木はほとんどが椿だった。赤い花が集団で僕を見下ろしている。不気味でもあった。だけど、一つ一つをじっくり眺めてみると、黄色の雄しべを赤い花びらがやさしく包んでいて、可憐で上品であった。

「大北先生、紀船守《きのふなもり》がこの神社を創建したと書いていていますね」

「そうね。大納言まで出世した方だからね。でも、その船守が淡輪を訪れたという記録はないのよね。ただ、紀伊守《きいのかみ》に一時なっていたという記録があるだけ。だから、どうして、船守神社と名付けられたのか、まだ、はっきりわからないみたい」

「四月に和歌山で紀氏についての講演会があるんだけど、先生、一緒に行きませんか」

「そんな講演会があるの。行ってみたい。そこでいろいろ質問できればいいですね」

「よし、詳しいことはまた連絡します。これは楽しみだな」

二人は仲が良さそうだ。二人とも歴史に興味があるのはわかっていたが、これほど、意気投合するとは思っていなかった。

　これから帰路につくところだ。参加者の中には小学生もいて、バスの中は賑やかだった。春の陽を浴びたせいか、僕は少し疲れていた。帰りは村藤先生の隣に座った。車窓から大和路の風景を眺めながら、中宮寺の半跏思惟像の微笑みを瞼に浮かべていた。すると、急にあの赤い椿の花がいくつも浮かんできて、僕に迫ってきた。

24　五世紀の市《いち》

時は五世紀。

ある日の夕方、多くの船団が深日《ふけ》沖に姿を現し、淡輪《たんのわ》方面に向かっていた。僕は海岸沿いを足早に駆け抜け番川河口を目指す。葦の群落に身を潜め偵察する。多くの兵士たちが入江に上陸している。ひときわ目立つ準構造船のような船が多くの兵士に囲まれながら着岸する。その中に色鮮やかな十五歳前後の女性がいた。紫色の衣装は夕陽に照らされ赤みをおびていた。周りに警護されているようで高貴な存在のようだ。

孝子《きょうし》の集落を通り平井《ひらい》峠を越え、紀の川右岸にある市《いち》を目指す。僕とサトルは塩を売りに来た。深日にも製塩場があり、海産物や鉄、やきもの、とともに貴重な交易品でもあった。

「猛、今日は売れるかな」

「売れると思うで。深日の塩は甘くておいしいという評判やからな」

僕とサトルは気心の知れた間柄である。市では各地の収穫物が集まるので、近辺の人が大勢集まり、大賑わいだ。から国(※2)の言葉だろうか、異国の言葉が聞こえる。彼らは土器やら装飾品を売っていて、そこには、人だかりができている。僕とサトルは、ござを敷き、店出しの用意をした。サトルは商いが上手だ。いきなり、声を張り上げた。

「深日の塩はおいしいよ。甘いよ。そこのおねえさん、深日の塩でつくった料理は格別やで。食べたら、お肌がつるんつるんになるよ。さあ、いらっしゃい」

サトルが客寄せすると、不思議なくらい客がやってくる。

しばらくすると、琴のようなあでやかな音が、甘い旋律とともに風にのって耳に入ってきた。店はサトルに任せ、僕は引き寄せられるように近づいて行った。そこには二十人ほどの男女が集まっていた。歌垣《うたがき》のようである。その中に見覚えのある紫の着物をまとった一人の女性がいた。

「だれかに教えてもうた歌やけどかめへんかいな」

「ああ、いいよ。あんた、正直もんね。気にいったよ。さあ、お歌いよ」

「そんね、ゆわれたら照れるやん。じゃ、いくからな、『紫は　灰さすものぞ　鳴滝の　八十《やそ》のちまたに　逢える児やだれ』(5)」

周りの人間からどよめきの声。

「さすが、うまいな。しびれるー。他人の歌やけどな」

「それさー、海石榴市《つばいち》で聞いたことあるような気がするのだけれど。でも、うまいよ」

「ありがとうよ」

「じゃ、わたしもだれかが作った歌でお返しするよ。『たらちねの　母が呼ぶ名を　申さめど　路《みち》行く人を　だれと知りてか』(6)どうだい」

　みんな大盛り上がり。

「そらそうじゃ。どこのだれか、わからんもんに名前なんか教えられやん」

「そうやそうや、いっぺんに話はまとまれへん。嫁はんなんか、かんたんにできやん」

「そうや、できやん、できやん」

　みんなは思い思いの服でおしゃれし、この日を楽しみにしていた。緊張がほぐれ、お互いの気持ちを歌に託して異性の相手に向かう。それは楽しいひと時だった。

　そこへ突然、じみな服を着た一人の男がやってきた。

「なーよー、お前の名を教えてくれる。かわいいそなたの名前が知りたいよ」

　場の雰囲気が一変する。

「あんた、ここは歌垣の場よ。歌をつくれないならあっちへお行き」と女は言うが、男は場を離れない。

「しつこい人ね。痛い目に合っても知らないよ」

「ああうれしいよ。そなたにならば痛い目に合いたいよ」

女は木陰で待機させていた二人の男を呼び寄せ、その男を追っ払おうとする。男は大きな声を出して抵抗しようとするが、二人の男に川の方に連れていかれる。その直後だった。別の五人の男たちが現れ、女性を囲み縄で縛り無理やり連れていこうとする。女は抵抗するが、なす術がなかった。一瞬の出来事だった。先ほどの男と仲間ではないかと思われた。女の手と足を縄で縛り、目隠しをし、口も布でふさいだ。それから用意していた荷車に載せた樽に女を入れ込んだ。その素早さは訓練をした兵士のようであった、彼らは怪しまれずに商人のふりをしてゆっくりと荷車を進めた。一部始終を知っている僕は後を追った。

25　大クスノキの樹上で

木ノ本《きのもと》を過ぎ、しばらくしてから山の方に入っていく。何をするつもりだ。上り坂を歩いて数分のところに洞窟があり、その入り口の横に小屋があった。手足を縛られ目隠しをされた女は小屋の中に入れられる。二人が見張りで小屋の前に立ち、残りの三人は洞窟の中に入って行った。もしかしたら、洞窟の中で辰砂《しんしゃ》の採掘が行われているかもしれない。そして、そこには司令部もあって、仲間に報告に行ったのかもしれない。

今しかない。少し太い枝を握りしめ、男たちの背後に回り、思い切り後頭部を殴打した。男たちは気を失ったのか動かなくなった。そのすきに女を救出した。女は何が起こったのかわからない。「大丈夫やからな」と声をかけ、まず女の目と口をふさいでいた布を解く。それから、大急ぎで手と足を縛っていた縄をほどいた。最初、女は怪訝《けげん》な顔をしていたが、僕だとわかって少し安心したのだろう。

「あんた、なぜここにいるの」

「おまえを助けに来たんや」

二人は小屋を脱出する。しかし、気付かれたみたいだ。追っ手がやってきた。僕らは逃げた。追っ手をまき、山の中を逃げた。彼らは仲間を呼び、僕らを囲い込もうとしていた。飛び出た岩を越え、茨をものともせず、必死に逃げた。谷川で喉を潤し、追っ手の気配を感じると、奥まった所に身を隠した。僕らは三方から海の方に追いつめられていた。ここまで来たのなら逃げ通そう。しかし、海にたどりついても船はないし、しかも流れが速い。深日の方に潮が流れているとは限らない。どうしよう。逃げながら考えていた。もうすぐ断崖絶壁だ。絶体絶命の危機だ。

その時だ。目の前にある光景に見覚えがあった。そうだ、そこにはクスノキの巨木があるのだ。そこに登れば姿を隠すことができる。そこでなら少しぐらい眠ることもできる。そんな巨木への登り方を知っていた。大急ぎでそのクスノキに向かった。

陽はやや西の方に傾いていた。ウバメガシやユズリハなどに囲まれ、クスノキの登り口は外部から見つけにくい。大木は海の方に伸びていて陸からは見つけることができない。やっとのことで巨木の登り口にたどりついた。友ヶ島を見下ろすことができるが、眼下は断崖絶壁だ。慎重に登っていく。ちょうど椅子の代わりになる太い枝に腰かけ、僕らは一息ついた。追っ手の気配がしなくなった。彼女は口を開いた。

「どうして助けてくれたの」

「ほっとけなかったんや」

「あの人達はどんな人なの。なぜ私を拉致しようとしたの」

「はっきりしたことは、わからへんけど、もしかしたら名草《なぐさ》のものたちとちがうかな」

「名草？」

「もともとこの辺りに住んでた人達のことや」

「名草の人がなぜ私を」

「あの人らはあんたらを恨んでると思うで。あんたらがこの辺りに住んでいる人達を苦しめてるみたいやからな」

「名草の人を私らが苦しめているのね」

「名草戸畔《なぐさとべ》という名草を統治していた人を、あんたらの先祖が殺すのに関わったと聞いてるけど」

「本当？　……」

「でもな、あんたらの鉄すごいな。めっぽ強い。ここらでつくってた鉄よりずっと硬くて強いんや。勝負になれへん。そのことはみんな認めてるんやけどな」

「でも私達を恨んでいる人も多いということね」

「あんまり気にさあんでええで」

「気にはしてないよ。でも、残念だけどそんな世の中がまだ続いているということね」

「そんな世の中って」

「だって、その名草の人達もずいぶん前、ヤタガラスと呼ばれている人達を山奥に追っ払ったと聞いてるよ」

「ええ？　それやったら僕らの一族も追っ払った可能性があるかもしれないということやないか」

「私はこの地にくるまでは淡路島にいたのよ。父は淡路島を統治する責任者で、どこにいるか知らないけれど上層部というものがいて、そこからの命令でこの地に派遣されたの」

「ああ、それで高価な紫の着物を着ているんや。お姫さんみたいなんやな」

「やめて、そんなこと言われたくない。あんた、なぜ私を助けたの。殺されるかもしれないのに」

「この前、あんたを助けられへんかったからな。ははは」

「ああ、あの時のこと気にしてたの。でも、あんた、本当にバカね。先ほどの話が本当なら私を拉致した目的は私を人質にとって交渉したいからでしょ。彼らも死を覚悟した決死の行動だったのよ。それをあんたは、……向こう見ずなんだから。あんた、殺されるところだったんだよ」

「でも、ええやんか。あんたも僕も生きてるやんか」

紫色の衣装をまとった彼女の耳もとでヒスイの勾玉《まがたま》が輝いている。

「なあ、名前教えてくれへんか？　僕は猛。あんたは？」

「本当は結婚する人にしか名前は教えないものなのよ。でも、特別に教える。椿よ」

「椿。……聞いたことがある名前やけど、いい名前やね。ここらも春になったら椿の花で山が真っ赤になるで」

「たいそうなことを言うね。でもあんたのこと気にいったよ」

陽は西に傾き、友ヶ島の上に差し掛かってきている。

「あんた、沼島《ぬしま》のこと知ってる？」

「知ってるよ。ここからも見えるで。もう少し登ったらはっきりと見えるはずや」

「その島は私達の聖地なの。遠くから見ると、神舞台のようでしょう」

「ほたら、僕らよう似てるやんか。昔から沼島は神の住む島と教えられてきたんや。父親はこの大木から見える沼島が一番神々しいと言ってた」

「ああ、それで、この大木のこと知ってるのね。でも、それを聞いて嬉しいよ。沼島には行ったことある？」

「恐れ多くて上陸なんかできへんかったけど、船で近くを通ったことがある。天を突き刺すあの鋭い岩には、びっくりしたな」

風が強くなった。葉っぱが激しく揺れる。

「もう少し経ったら日が暮れる。今日は満月や。潮が一番引く。その時、海岸沿いを歩いて帰るからな。安心するんやで」

「あんた、頼もしいことを言うね。でも潮が一番引くのはいつかわかるの」

「心配さあんでええ。今から幹の先に登って海を見てくるからよ。ははは」

登りかけたちょうどその時だ。だれかが呼んでるような声が聞こえてきた。葉っぱの擦れる音で、はっきり聞こえない。僕らは無言で様子をうかがった。ところが、信じられないことが起こった。だれかが木に登ってくるではないか。だれも木の登り口を知らないはずだ。

「タケルー」

「ええっ！　おっとん？」

登って来たのは父親であった。この木の登り口はウバメガシの木でおおわれ、外から見てもわからない。見上げてもウバメガシやユズリハが視界を妨げ、木の存在自体わからないのだ。船に乗って海から眺めるとそのクスノキはわかるのだ。

「猛、その女をとうさんに引き渡せ」

「なんでおっとんがそんなこと言うんじゃ」

「たまたま木ノ本の近くで名草のものと話しておったら、『逃げられた』と血相を変えてあいつらやってきたんや。ほんで、とうさんらも追いかけたんや。ほたら、『女を逃がしたのはどうもあんたのせがれのようや』というんや」

「おっとんもあいつらと組んでるんか」

「そんなことはないんやけど、あいつらとは在地勢力として連絡はとってる間柄や。あいつらからも恩恵を受けてるしな」

「それでも、ひどいやないか。こんなかよわいおなごを拉致するなんてやり方が汚すぎる」

「お前の言う通りやと思うけど、名草のものにも理由があるんや。名草の祭祀場と取引所をあいつらに奪われたんや。取引所がなかったら生きていかれへん、いくらなんでもひどいというてな」

「そんなもん、大人の事情や。このおなごには関係ないやんか」

しばらく静観していた椿は事情がある程度のみこめたのか口を開いた。

「おじさん、おじさんと一緒に行くよ」

「何言うてんのな。行ったらどうなるかわからへんで」

　僕は椿の突然の言葉にうろたえる。

「私は大人の事情はわからないけど、これだけはわかるの。土地をならし、田んぼにし、川から水を引く。この作業は私らの得意とするところよ。自慢しているのではないの。淡路には鍛冶工房がたくさんあって、道具をつくる技術が私から見てもあると思う。淡路ではその技術で多くの農地を開墾してるのを見たわ。私らはその技術を広めたいと思っている。名草の方々にとってもこの技術は役に立つわ」

　猛の父は正直驚いた。かよわいお姫様と思っていたがそうではなかった。

「私が橋渡しの役を引き受けるわ。土地を開墾し、紀の川から水を引き、雨が降らなくても田んぼに水を引けるようにさせるよ」

「そんなことほんまにできるんか。あんたのような若い娘に言われても安心できへんな」

「不必要な争いを私らは望まない。父は総大将だけれど望まない。私を拉致して、無理やり交渉の土俵に乗せるやり方は絶対うまくいかないよ。私を人質にして交渉しても逆効果よ。必ず私らの軍隊が攻めてきて制圧される。父のやり方では軍隊を派遣するのは最終手段。いさかいを起こせばまずは利害を調整するの。淡路でそれを見てきたから、わかっているつもりよ。この名草の地も淡路のようにうまくやっていけるようにしたい。祭祀の場や取引所を奪った問題だけれど、父に話して必ず解決するよ。強引なやり方は後に問題を残すわ。だからおじさんが間にはいってほしい。あなた達はどう見ているか知らないけれど、深日とは関係は悪くないと思うんだけれど、どうですか。でも私はあなたたちと友好関係にある名草の人達に拉致されたけれど、あなたたちの一員の猛に助けられたわ。だからこのことは不問にしてもいいとも思っている。父にきちっと伝えるよ。約束する。今回のことも、この問題を解決する、いいきっかけにするよ。私を助けてくれた猛に感謝する。あなた達親子に迷惑をかけないようにするよ」

「あんたの言うことはわからんことはないが、なんべんも言うけど、あんたの言うことがほんまに信用できるんか、わかれへんもんな。そんなん、名草のものが信用すると思うか。あいつら命がけやからな。あんたの話があんたら部族の認めるもんでないとな」

「信用してもらえないかもしれないけれど、私は我々一族の交渉人のひとりなの。父も認める交渉人なの。若くて女だから、おじさんは信用してくれないかもしれませんが、れっきとした一族の交渉人なの」

「おまえが交渉人てか。ほんまか？　ほんなら、交渉人である証をみせてもらわんとみんな信用せえへんわな」

猛は椿が年かっこうもいっしょで近しい存在と思っていたが、だんだん遠のいていくようであった。椿はもう大人だ。さっきまで僕と話していた椿とは全く違う。まるで別人のようだ。役割が与えられ、責任ある立場にあるのだ。淡輪の入江で見た紫の着物をまとった姿は姫という立場だけではなかった。それに対して僕はどうだろう。深日の首長の息子といえど、何の将来の見通しも持っていない。日々の生活をこなすだけで精一杯である。その場面、場面で思ったことを見境もなく実践しているのが今の僕だ。もうすぐ十五歳なのに。

椿はゆっくりとヒスイの耳飾りをはずした。光を浴び、きらきら輝いている。大きく西に傾いた陽の光はクスノキの枝葉をくぐり抜け椿の胸元を照らす。椿は猛の方を見た。

「猛に頼みたいことがあるの。父に会いに行ってほしい」

「僕が椿のお父さんに会いに行くって」

「そう、是非行ってほしい。そして、このヒスイの耳飾りを持って行って。越《こし》の国でとれたとても貴重なものよ。これを守衛に見せて、私からだと言って。そうすれば父に会わせてくれるわ。そして、それを父に渡してほしいの。それと、これから短冊に大切な事を書いておくから、これも渡して。私が父に認められた交渉人であることを証明するものが必要でしょ。それを猛に手渡すように書いておくわ」

椿が文字を書けるなんて驚くほかはない。一体彼女は何者だろう。一族の中で重要な役割を担っているみたいだ。首長と共に一族の求心的存在として崇拝の対象になっているのかもしれない。眩い女が僕の前にいる。だんだん雲の上の人に見えてくる。

「おっとん、椿を守ってよ。もしものことがあったら、おっとんのこと、許せへんからな。約束してよ」

「わかったよ。おまえも、気いつけていけよ。暗いからな」

26　淡輪から木ノ本へ

夕暮れの中、大川峠を越え、「小島《こしま》」の集落で喉を潤し、淡輪に向かう。

椿を救出するための方策を考えるが、出てこない。それにしても、椿はなぜあんなに堂々としているのだろうか。本来なら、恐怖で震えているはずだ。今、僕は無力感に打ちひしがれている。世の中のことがわかっていない。紀氏の南岸勢力と名草族、淡輪の紀氏を含む北岸勢力そして大和との関係。ほとんどわかっていない。父親に聞いた断片的な知識だけでは何の解決策をも生み出せない。しかし、こうも思う。今は知識ではない。僕は椿を救出した当事者だ。そこから話を進めて行くしかない。淡輪の椿の父親に椿の手紙を渡すだけでは「使い走り」にすぎない。椿を救出したい。今度こそ、本当に救いたい。

今年の夏、塩を売りにエガの市へ行く途中、水飲み場で椿らの一団と遭遇した。椿の配下の若い者が僕に挑発しにくるので一触即発の事態になる所だった。けれど、椿が彼らを強くたしなめたため、むしろ、彼らと話ができるようになった。彼らが市で売ろうとしていたのは包丁や鎌などの鉄製品だった。深日で作っている鉄より品質がいいのには驚いた。

僕らはエガの市までいっしょに馬を走らせた。大和川と石川の合流地点に市があり、大勢の人が集まっていた。僕が場所取りで市の管理者ともめていたところを椿と配下の者がやってきて、知りあいなのか、うまく調整してくれた。彼らにお礼を言おうとした時だった。突然、エガの市を洪水が襲ったのだ。亀の瀬渓谷の堰《せき》が崩壊したらしい。僕も椿も流されそうになり、椿の手を握ろうとしたが流れが速く、できなかった。幸い、二人とも岸にたどり着き助かったが、この手で助けられなかったことをずっと悔やんでいた。

淡輪の椿の居館にやっと着いた。濠《ほり》に囲まれた大きな館の北側にある見張り櫓《やぐら》は、月の光で浮かび上がっていた。ふだんは、大阪湾を航行する船を監視するため、守衛が一人だけだが、よく見ると三人立っていた。その一人が僕を指さして、それから階段を慌てて下りている。別に僕は不審者でもなんでもない。落ち着いて居館の前に行けばいいと思うが、心臓が高鳴る。土塁《どるい》が高いので内部があまり見えない。南側にある入口に向かう。木製の鳥三羽を飾った門の前には数人の守衛が立っていた。薪の火の粉は風に舞い上がり、ものものしい雰囲気が漂っている。中を見ると、美しい衣服をまとった女性が小走りにこちらへやってきた。

「深日の首長さんの息子さんね」

「はい」

なぜ僕のことを知っているのか不思議に思ったが、さっそく、ヒスイの耳飾りを見せた。少し驚いた様子だったが、「首長のところに案内するわ」と言って館の方に向かって行った。紀氏の首長の居館だけあってかなり広い。向かって左側に何やら工房みたいなものがある。高くて大きな煙突から煙が上がっている。武器や農具をつくる鍛冶工房かもしれない。向かって右側にも建物があり、数人の男女が入っていくのが見えた。僕も椿を救出する交渉人になろう。最後まで責任をもって救出しよう。首長の館は敷地の奥まったところにあった。守衛が隅を固めている。豪壮な高床式の邸宅で、手すりつきの階段を上ると広い板張りの露台があり、そこから玄関の扉を開ける。中は見たこともない装飾品が置かれていて異国に来たみたいだ。椿の父は奥の部屋で物思いにふけっているようで視線を下に向けていた。部屋に入ろうとすると、いきなり。こちらを見て、

「お前の名は？」

「猛《たける》」

「『猛』か。いい名だ。椿を救出しようとしてくれたのだな」

「はい。でもなんでそれを知ってるんですか」

「それは知らなくていい」

低い声でゆっくりと話されると身が凍るというのはこういうことか、それ以上何も聞くこと

ができなかった。椿から預かった手紙とヒスイの耳飾りを差し出した。首長は手紙を読み終えると僕を案内した女性に何か指示をし、再び口を開いた。

「うちのもんと木ノ本に行ってほしい」

「はい」

この言葉を待っていたのかもしれない。

「今、夕食をつくるように指示を出した。おなかすいただろ。はやく食堂へ行って食べなさい。お前が食べている間、木ノ本へ行く準備をしておくから。わかったな」

「はい。ありがとうございます」


大きな館だ。椿の部屋はどこだろう。露台に行くまでいくつか部屋のようなものがある。邸宅を離れると、先ほど男女数人が入っていった建物の中に連れていかれた。中は大きな厨房と食堂があり、その奥にある個室に案内され、そこで食事の提供を受けた。しばらくしてから、骨格のしっかりした男がやってきた。

「さあ、出発だ。これから。馬で木ノ本まで行く。おまえは、馬に乗ったことがあるか」

「はい、あります。でも夜は乗ったことがないので、少し心配であります」

「乗ったことがあるなら大丈夫だ。お前の乗る馬は私の乗る馬についてくるから、心配無用だ」

満月が飯盛山の上からこうこうと山野を照らす。男の後を追いながら救出策を考えるが、妙案は浮かばない。僕に何ができるというのか。しかし、なぜだろう。なぜこんなに心が高ぶるのだろうか。椿のことを想うからだろうか。どうもそれだけではない。置いてきぼりを食らった、そんな気持ちが僕を突き動かしているような気がする。状況を自らの力で突破したいのだ。白いススキの穂の中を駆け抜けていく。孝子峠を越えた時、僕は覚悟を決めていた。ため池に映る満月の光が僕のもとに届く。男の馬は休むことなくどんどん進んで行く。それにしても、この男は行き先をなぜ知っているのだろうか。

木ノ本の祭祀場近くの館の前には大勢の兵士が待ち構えていた。

「淡輪からやってきた。中へ案内しろ」

「わかりました。その前に武器をお預かりさせてもらいたい」

「わかった」

首長の側近であるこの男は敵の兵士の前でも堂々としていて、たじろがない。中に入ると、おっとんが待っていた。

「猛、ごくろう。疲れたやろ。これでおまえの役目は終わりや。深日へ帰ろ」

「おっとん、僕は帰らへん。話し合いの場に同席することになったんや」

「おまえがか。なんでおまえが同席さあなあかんのや」

「救出したのは僕やしな。椿が解放されるまで一緒にいるよ」

「あほやな、遊びやないんやで。組織の代表者が話す場や。あほなこと言わんと、はよ家へ帰ろ」

「僕は淡輪の首長に、頼まれたんや」

「少し前に就任した首長やな。むちゃ言うやつやな。前の首長は高圧的やったから深日とは良好な関係やなかった。こんどの首長は腰が低く、『仲良くやっていこう』と言ってくれてたけど。やっぱり変わらへん。自分のことしか考えてへん。おまえのことなんかいっこも考えてへん」

「おっとん、もうええ。決めたんや。先に帰っといて」

「何を決めたんや。おまえ、もしかしたら、あの女に惚れたんとちゃうか」

「おっとん、僕は椿を救出したいだけや。僕しか救出できえへんのや」

猛の父は、こんな真顔で親に歯向かう息子の姿を初めて見たのではないか。

側近の男が近づいてきて、低い声で、

「首長命令なんで。息子さんをお借りしたい。必ず息子さんを無事に家に届けますから、どうか御心配なさらないでくれ」

威風堂々としたその存在感は迷いや不安を消していく。二人は椿がいる部屋に案内される。

椿は少しやつれたように見えるが、僕や側近の姿を見て安心したようだ。

「トリキ、来てくれたのね。心強いわ。そして、猛、ありがとう。疲れたでしょう。私の横に座って」

部屋には僕より少し年上に見える若い男と父親ぐらいの年齢の男二人が座り、こちらを向いている。まず、若い男が口を開いた。

「ご苦労だった。まずは、淡輪の首長の手紙を見せていただきたい」

僕と、さほど年齢が変わらないと思うが、妙に落ち着いている。こいつが椿を拉致した首謀者か。手紙を黙読して、再び口を開いた。

「私は名草族の長である大地だ。これから、話しあいを始めたい。深日の首長の息子さんはもう父親と帰ってほしい」

「なに言ってんのや。お前が椿を拉致した首謀者か。僕はここにいる」

「淡輪の紀氏と名草族との話し合いの場だ。関係者以外はいらない」

「僕は関係者や」

その時、椿は口を開いた。

「猛は関係者よ。あなた達は私に何をしたかわかっているの。猛はあなた達が私を拉致したところを見た、ただ一人の証人よ。当然同席すべきだわ」

若い男は僕と歳があまり変わらないのに、なぜか落ち着いている。風格がある。

「拉致したことは謝る。ひどいことをした。あなたのような若い姫さまをひどい目にあわせたことを本当に申し訳なく思っている。しかし、そうせざるをえなかったんだ」

「そうせざるをえない理由って何なの？」

「あなたもご存知だろう。私たち名草族は、『から国』(※2)の戦闘に動員され多くの死傷者をだした。働き手を失った残された家族は塗炭の苦しみに耐えながら田畑を耕している。しかも、古墳造成の労働も加わった。精神的にも肉体的にも限界にきている。その上に、あなたたちがしたことは何だ。私たちが心の支えにしていた祭祀場を閉鎖した。同時にそこで唯一許されていた名草族の取引所まで奪ってしまった」

「そのことの事情は猛の父に先ほど聞いたわ。その辺りの事情はあまりわからない。私たちが淡輪に来る前のことのようだから。たぶん現時点の状況を見ると、戦費に必要だったのかもしれない。現在、紀大磐《きのおおいわ》殿が、『から国』で大暴れしていると聞くわ。でも父は彼とは考えを異にしているの」

「そうかな。考えを異にしているとは思えないけど。私たちがそのことで要求書を出したが、今現在何の音沙汰もない。無視し続けている。そんな中、ますます名草族は苦しんで弱っている。先日も、戦地で息子を失った母親は水を畑に運ぼうと紀の川に行ったが、将来を悲観したのだろう。そこで自ら命を絶ってしまった」

「要求書？　そんなの初めて聞いたわ。ねえ、トリキ、聞いたことある？」

「いや、ないです。そんな話、首長からは伺っていません。たいていのことは私の耳に入ります。ましてや、そんな重要なことだったらなおさら話してくれると思いますよ」

「聞いたことがない？　とぼけるな！　大和の重鎮を通じて要求書を出してもらったのだから、間違いない。ねえ、要求書、淡輪に届けてくれましたよね」

「そう、聞いてるよ。最初、紀の川南岸勢力の首長を通じて届けてもらおうとしたが、断られたので、直接私らの部下が届けたと聞いてるよ」と大和王権の重鎮の側近が答えた。

「何を言ってるんだ。そんな話、初めて聞いたよ。あんた、でたらめ言うんじゃないよ」

大和王権の重鎮の側近と紀氏南岸勢力の首長の側近が対立する。驚いたのは名草族の大地だけじゃない。椿やその側近のトリキも、事態を呑み込めていない。

「大和の重鎮って、だれなの？」

椿は大地にたずねる。

「それは言えないが……」

大地は、大和の策士であるユミネツヒコとの約束を思い返していた。

「このままでは名草族は滅亡する。紀直《きのあたい》勢力とうまくいってるようだが、今は、彼らだって紀大磐《きのおおいわ》の横暴に口が出せない状態だ。彼は紀の川周辺の鉱物の利権を奪い、『から国』の支配をもくろんでいる、野望のかたまりだ。このままでは弱い立場にいる勢力から犠牲になる。名草族の男がほとんど戦地に派遣されるかもしれない。わしが後ろ盾になってやるから、行動に移すことだ。万が一の場合、軍隊を派遣してでも名草族を守ってやる」

ユミネツヒコの言葉を反芻《はんすう》した。その言葉は信頼に値するものであった。大和王権にとって紀大磐は、目の上のたんこぶであった。紀氏北岸勢力を牽制し、弱体化させることはお互い緊急の課題であり、ユミネツヒコが我々に接近してきた理由もわかった上での今回の行動であった。しかし、どうも様子がおかしい。


終始、冷静に話の推移を伺っていたトリキは口を開いた。

「姫様を拉致した理由はわかった。今後、首長と相談して対処するつもりだ。しかし、こちらとしては譲れないことがある。あんた、姫様を拉致したことにどう責任をとるつもりだ。これは死罪に相当する。よほどの覚悟があって行動に踏み切ったと推察する。どう責任を取るか話すべきだ」

一瞬、部屋は静まり、沈黙が続く。一方、部屋の外が騒がしくなってきた。突然兵士数人が入ってきた。ここは、敵の陣地である。

初老の男が口を開く。

「若様、たいへんです。淡輪の軍隊が近くで待機しています」

「心配しなくてよい。こちらには攻めてこない。しかし、警戒はゆるめず、何かあれば報告してほしい。御苦労」

どうして、この男は冷静沈着なのだろう。敵が攻めてくるかもしれないのに。ふつうだったら、少し位、顔の表情が変わるだろう。ただものではない。トリキもそう思っているに違いない。

「我々の身の安全が保障される限り攻めてこない。私が保障する。ところでだ。先ほどの続きだが、国造の側近にも言いたい。名草族を統治する立場として、今回の名草族の行動を許した責任があると思うが、どうだ。知らぬ存ぜぬではすまされぬと思うが」とトリキは南岸勢力を追及する。

「こちらの監督責任だ。すまなかった。姫様には申し訳ない。しかし、一方で、こう思う。名草族の気持ちはわかる。今、紀の川南岸の者たちは古墳造成にかりだされ、農作業の時間が奪われている。何とかできないかと正直思う。行為は許されないが、彼らの気持ちはわかる。古墳造成が大和の指示でなければ、このような無謀といってもいい労働に異を唱えているはずだ」

「国造ってそんなにえらいのか。大和に従順なだけじゃないか。大和の指示であろうが、紀の川南岸の人達を守りたいのであれば、動員要請を断ればいいだけじゃないか。本音は紀大磐殿が怖かっただけだろ」

「紀直を冒涜するのであれば、おまえを許さないぞ。おまえが北を代表する側近なら、言葉を慎んだ方がおまえのためだ。おまえらが名草族の監督責任を追及するなら、おまえらこそ取引所をはく奪した責任をとるべきだ。大磐殿というより北側の暴挙じゃないか」

「暴挙だと。姫様の拉致を見て見ぬふりしたおまえたちと一緒にするな。俺たちは全く知らなかったんだ。どうすることもできないじゃないか」

「じゃあ、知ってたら、大磐殿を止められるのか。おまえたちにそんな力があるのか。大磐殿は今『から国』で『王』を名のっているというじゃないか。そんなお方の出した方針をおまえらが変えられるのか。変えられると言うなら、取引所を名草に返すと言ってほしい。そうしてくれるならおまえたちを認める。しかし、そんなことできないだろう。口だけじゃないか」

「なんだとう、俺たちをバカにする気だな」

「トリキ、もうおよし。ご苦労だった。少し冷静になろう。論点を整理すると、取引所の問題は、たとえ大磐殿がしたことでも、北側の責任だということです、私を拉致した問題は、名草族の罪であり、南側にも責任があるということです。しかし、父の立場は違います。娘を人質に取り、娘の命を危険に追いやったあなた方の罪を父は絶対に許さないでしょう。今のままでは、名草族のだれかが責任をとらなければ事態は収まらないと思います」

神妙な顔つきで話の推移を見守っていた名草族の大地は口を開いた。

「双方の話を伺うと、私たちが出した要求書が淡輪に届いていないようだ。そうだとすると、今回の行動は根拠を失うだろう。姫様を拉致した名草族の決起の正当性がないということだ。

ただ、結論を言う前に、ある人と確認したいことがある。それから、責任の所在をはっきりしたいと思う」

猛はこの瞬間を逃さなかった。というより、この時しか話に加わることができなかったのだ。

「今回の行動に正当性がないのなら、直ちに椿、いや、姫様を解放するということだな。どうだ」

「私たちの究極のねらいは、取引所を取り戻すことだ。そのことが実現する見通しが全くないなら直ちに解放するのは難しい。名草族のみんなが承知しない。しかし、大磐殿が名草族にした横暴を認め、改める意志が姫様にあるのなら、そして、そのことを私たちが信用してもいいと思える何かがあれば、解放してもいいと思う」

名草族の若い長は心が揺れていると椿は思った。

「あなたたち名草族の行為は絶対に許されないでしょう。しかし、一方で、名草族と友好関係にある深日の首長の御子息の猛に私は助けられました。だから、場合によっては今回の行動の罪を不問にしてもいいと思っています。しかし、父は絶対許さないでしょう。父を説得できるのは私しかいません。大磐殿の横暴は目に余りあります。取引所を名草族にお返しし、父がこの拉致を不問にしてもいいと思える状況をつくるにはどうすればいいか考えたいと思います。現時点ではこれ以上の事は言えません」

「考えたいだけではみんなは承知しない。名草族のみんなは家族を救うために決死の覚悟で今回の行動に参加した。みんなの願いは取引所の奪還だ。はっきりとした方針が必要だ」

トリキが口を開いた。

「それでは、私がこの場に残りたい。その間に姫様には淡輪に帰っていただき、首長と相談して方針をきめていただくのはどうでしょうか」

「トリキ、それはだめ。あなたには迷惑をかけたくはないわ。少し考えさせて」

27 金の勾玉《まがたま》

夜も更けてきたが、松明《たいまつ》の灯りは各々の疲れを浮き彫りにする。こう着状態が続き、事態を打開する策が見つからない。椿の胸元が一瞬輝いたかと思うと、椿は再び口を開いた。

「私の命以上に価値のあるものをお見せするわ」と言って、紫色の衣装の胸元からゆっくりと小さな首飾りをはずし、みんなの前に差し出した。金の勾玉《まがたま》だ。小さいけれど、金剛石以上に神々しい光を放つ。松明の光が小さな勾玉を照らし、部屋の中心が眩いほど輝いている。

「金の勾玉はこの倭の国ではこれしかありません。大和にもありません。この貴重な勾玉を置いておきます。父を説得し、名草族が納得できる策を必ず提案しに来ます。それまで、私と思って大切に保管してください」

　沈黙が続く。

　被害者である椿が金の勾玉まで差し出して、交渉を成立させようとしているのに、この若い首長は首を縦に振らず黙考している。冷静沈着なこの男に勝とうと思うなら、こちらも冷静に客観的に物事の核心部分に戻らなければならない。そして、事態の推移を整理しなければならない。

　猛は大地の心中を探る。名草の人々のために決行した作戦も、要求書が淡輪紀氏に届いていないという事態が発覚し、作戦の名分が成り立たなくなった。そうは言っても、名草の事を思うとこのまま椿を解放することはできない。何としても名草の民を守らなければならない。自ら命を落としても助けなければならない。ただ、金の勾玉まで差し出した姫様の言葉は信じられそうだ。それでも、淡輪の首長が認めるかどうかわからない。つまり、この男にとって名草の人々を守る保障がいるのだ。そうはいっても……。

　沈黙を破り、猛は大地に向かって口を開いた。まるで別人のように落ち着いていた。

「深日の首長の息子として話したい。姫様の話を信じ、今すぐ姫様を解放した方がいい。あなたたち名草族にとってはそれが一番賢明だ。あなたたちは要求書を届けたことを確認もせず、無視されたと、かってに思いこみ、姫様を拉致するという蛮行に及んだ。姫様はあなたの部下によって樽に閉じ込められ、木ノ本まで運ばれたのだ。どんなに怖かっただろう。それなのに、姫様は、自ら交渉人として、あなたたちと話しすることを選択した。死を覚悟するほど怖い目に遭っているのに、なぜ姫様はここに来たと思う？　それはあなたたちが苦しんでいる原因が淡輪にあると知ったからだ。知った以上は、ほっておけない。姫様はそんな人だ。そして、何より、姫様は首長が認めた正式な交渉人だということだ。その交渉人を今もなお、あなたたちは人質扱いしている。どう考えても理不尽だ。それは淡輪紀氏に対しての冒涜《ぼうとく》であり、決して許されるものではない。今すぐ姫様を解放してほしい。姫様は淡輪紀氏を代表して、名草族が納得できる策を必ず提案しに来ると言ってくれている。姫様は必ず約束を守られる。信じていい方だ。決断してほしい」

理路整然とした猛の話にみんな唖然とした。椿とトリキは顔を見合わせた。しかし、一番驚いたのは大地だろう。猛の話した内容に自身の考えが近づいていることに気付いていた。彼は少し間が空いたあとに口を開いた。

「姫様を解放したいと思う。命の危険も顧みず、我々の所に出向いてくれたこと。名草の民を心配する私のことを考え、金の勾玉まで差し出してくれたこと。その度量と慈悲の心に感服する。この決定に反発するものも出てくるかもしれないが、姫様の誠意を伝えるつもりだ。それにしても、深日の首長の御子息である猛殿には正直びっくりした。これからも、父上同様仲良くしていきたい」

両者は覚書を交わし、椿は解放された。椿はトリキに守られ、木ノ本を離れた。淡輪正規軍も撤退し、大和の人間と軍隊も撤退し出した。

大地は紀の川の河原に一人立っていた。川面に映る一筋の月の光が足もとに届く。

大和のユミネツヒコは我々を利用して、紀氏の分断を謀ったに違いない。わが身に執着はないが、もう少し生きていたかった。

名草族はずいぶん昔、九州の東岸からやってきたと聞いている。山と海に囲まれた、生まれ故郷とよく似たこの地に移り住んで、幸せに暮らしていたそうだ。そこへ紀氏がやってきたのだ。彼らは名草族を追っ払わずに、統治する手法をとった。彼らは航海技術に長け、瀬戸内沿岸を支配した。そして何より彼らには、強い鉄を造る技術があった。「阿備《あび》の七原《ななはら》」の葦の根元にできるスズから採れる鉄はそれと比べると、もろくて相手にならなかった。

それでも紀氏は我々には高圧的ではなかった。幸いこの地は紀の川の恵みを最大限享受できる肥沃な土地であった。ところが、紀氏北岸勢力が、から国に進出し出してから様相は一変する。「人を出せ」「米を出せ」「祭祀場と取引所の管理をゆずれ」と強要してきた。

だから、今回の決起には後悔はしていない。ユミネツヒコのはかりごとに気付かなかったのは私の甘さだ。だけど、ユミネツヒコも誤算だったろう。人質である姫様が我々の前に現れ、しかも交渉人として我々と話し合うとは想像もしなかったはずだ。大和は紀氏の分断には成功したとしても、名草族の信頼を完全に失った。

それにしても、姫様は聡明な人だ。私にとっては、金の勾玉より眩く輝いていた。

28　特別な一日

源蔵山《げんぞうやま》に立っていた。三十人ほどの集団が千歳川の左岸にそって孝子の方に上っていく。輿《こし》に乗っているのは椿だろう。こうなることはわかっていた。名草問題を解決し、大地を助けるにはこの方法しかなかったのだろう。

椿が解放されてからしばらくして、僕とおっとんが淡輪から招待を受けた。椿を助けた僕に対する感謝と深日の首長と今後も友好関係を築きたいためだろう。豪華な宴を開いてくれた。

椿はトリキと一緒に僕の前に姿を現した。僕に対し、

「ありがとう。猛がいなかったら今頃どうなっていたか。本当に感謝するよ」とあらたまった態度で僕に礼を述べ、

「宴の途中だけど、これから長松海岸を駈け抜けてみない」と僕を誘った。

椿の馬は、僕が深日から乗ってきた馬より一回り大きい。椿は愛馬の手綱を引きよせて、鮮やかにまたがると同時に走り出した。僕も馬の背に大急ぎで乗り椿を追った。番川沿いを河口に向けて疾走する。椿は海辺の葦原を左に曲がる。椿の横顔が陽を浴びながら、葦原の上を滑るように進んでいく。海風が心地よい。淡路島が僕を見つめている。馬の蹄と地面が接する快い音が馬の脚から伝わってくる。途中で椿に追いつき、並走した。椿は一瞬こちらを見た。いつまでも、このまま走り続けたかった。僕らは長松海岸を深日に向けて駆け抜けた。磯の岩場にさしかかったところで、椿は手綱を手前に軽く引いた。陽に輝いて波打つ、たてがみを右手でなで、こちらに顔を向けた。

「猛と一緒に走れて良かった。……どうするか決まったら必ず伝えるよ」と静かに言って、馬首を淡輪の館の方に向けた。そして、僕らは再び走り出した。

椿は明るかったが、あのクスノキの巨木の中で見せた、弾むような明るさではなかった。椿がどうするか僕にはわかっていた。だけど、どうすることもできなかった。

学文字山《がくもんじやま》の中腹までかけ登り、孝子方面に向かう一行を眺めた。

僕は確かにあの日から変わった。命をかけて椿を救おうとしたあの日。僕にとっては特別な一日だった。もし魂が人にあるのなら、その存在と重みが、事態が進行するにつれてだんだん大きくなっていくのに気付いていていた。

29 多奈川駅

人の声が聞こえてきた。おそらくどこかの歴史サークルのメンバーだろう。僕は古墳の造り出しの所で弁当を食べ終え、周濠《しゅうごう》を眺めていた。目の前を南海本線の特急「サザン」が通り過ぎていく。過去を振り返ることができても、過去には二度と戻ることができない。出会いは未来にしかない。あさってから四月。僕は高校生だ。

長松海岸から海岸線を歩く。夕陽がきれいだ。淡路島と大阪湾の風景はいつも違う。日没直前は島が黒くなり、襲ってくるようで、不気味だ。

帰宅すると、じいやんが、

「猛、かわいい子が来てな、手紙を郵便受けに入れておくと言ってたで」と教えてくれた。

封筒の表面には僕の名前が書かれていて、裏には何も書かれていない。急いで封を開ける。

畑野猛君へ
一年ぶりです。元気にしていましたか。
急なことでごめんなさい。
もし、都合が良ければ会いに来てくれませんか。
明日（三月三十一日）、午前十時に多奈川駅で待っています。
木野　椿

翌日、僕は自転車で多奈川駅に向かった。千歳橋を渡り、ガイア塾の前を通り、深日港駅横の踏切を渡る。それから府道をまっすぐ進む。どうしたのだろう。こうして自転車のペダルをこいでいるのも夢の中の一シーンのようにも思える。でも、そうではないのだ。駅前のロータリーが見えてきた。何かが込み上げてくる。右に曲がると、多奈川駅が目に入る。椿は駅舎の前のベンチに座り本を読んでいた。髪の毛は肩に触れるぐらいになっていて、鮮やかな桜色のブレザーに生成《きなり》色のスカートをはいていた。一年ぶりの再会だ。

「よー、木野さん」

「畑野君！　元気にしてた？」

「この通り元気や」

僕は、ベンチの前に行き、自転車のサドルから腰を前にずらし、ハンドルに両腕を載せて、立ったまま話した。

「今、どこに住んでるん？」

「私はね、今、韓国のソウルにいるの」

「えっ、韓国に。九州かなと思ってたんやけど」

「違うのよ。熊本に寄ってね。いろいろ手続きがあってね。かなり日数がかかったの。そして、それを終えると。すぐに韓国へ行ったのよ。父は高麗大で日本語を教えながら、伽耶《かや》について研究してるの」

「ほんなら、韓国の学校で勉強してるんや」

「そうなのよ。たいへんよ。韓国語を覚えなきゃならないし、その上、韓国の中学生は英語話せる人が多くてね。だから、韓国語と英語の特訓中よ」

「いつ、日本に帰れるん？」

「わからないの。父の都合しだい。父はね、韓国にいるんだったら、ＳＫＹ(※3)へ行ったらって言うんだけど」

「またわけのわからないこと言って。スカイてなんや。空へ行きたいんか」

「もしかしたら、私は宇宙飛行士になりたいのかなと思ってない？」

「僕の想像力ではそれぐらいかな」

「いいところついてるね。さすがね。そこは勉強しないと行けないところなのよ」

「でも、そうと違うんやろ。やっぱ、君の言うことはわかれへん」

「当分、親と韓国で暮らすつもりだけれど、大学は日本の大学へ行くつもりよ。また日本に戻って来るよ。異国に行ってね、日本のことがもっと好きになったよ。その時はよろしくね」

「ところで、なんで多奈川駅で待ち合わせをするようにしたん？」

「いつも深日町駅使ってたでしょう。多奈川駅は終着駅だから新鮮かなと思って」

「君の考えはいつもわからんこと多いし。それはそうと、なんであの時、事前に言うてくれへんかったん」

「ああ、あの夜ね。ごめんね。まだ、はっきりしてなかったのよ。急な事でね、気持ちが整理出来なくて。父が『チャンスだ』と言ってね。私も転校なんかしたくなかったのよ。しかも外国でしょう。せっかく打ち解けて話せる友達ができたところなのに。でも今回は父のわがままを聞いてあげたのよ。父は伽耶のことをもっと研究したいと言うの」

「お父さんに協力したということやな。でも、木野さんにとってもかけがえのない大切な十代なんやから」

「畑野君の言いたいことわかるよ。転校なんてしたくなかったよ。でもね、こうも思えるようになったの。自分の進みたい人生を歩むのもいいけれど、そこから外れた道を歩むことになったとしても、その道には、すばらしい人生が待ち受けているんだと思うようになったの。実際、この一年間はたいへんだったけれど、異文化を体験できて面白かったよ」

「そうか……」

「韓国では詩がとても人気なの。リュ・シファという有名な詩人の詩なんだけど、私もよく口ずさむ詩があるの。『水のなかには　水ばかりがあるのではない　空には　あの空ばかりがあるのではない　そして……』(7)　と続いていくのだけど、その後半部分がとても好き」

「その後半部分ってどんなん？」

「……あはは、少し、恥ずかしいな。……でも、心にぐっと迫るものがあるのよ」

「そう言われると、読みたくなるやんか。『水のなかには　水ばかりがあるのではない……』やな。高校の図書室にあったら読んどくよ」

「そうそう、韓国に行ってからだけど、畑野君と海岸線を走る夢を見たことがあるよ。体育の時間だったと思うけど、風が強く、白波が立っていて、淡路島がいつもより遠くに見えたよ。畑野君は、どんどん前へ進んでいって、だんだん畑野君の背中が小さくなっていくんだから」

「そうか。……実は僕も夢を見たよ。プレゼンでは緑色の衣装やったけど、夢では木野さんは紫色の古代の衣装を着ていたよ」

「そう。……プレゼン大会か、なつかしいね。……先ほどから思ってたんだけど、一年会わなかっただけで、畑野君、随分たくましくなったような気がする」

「そう？　木野さんこそ、なんか、ちょびっとやけど、大人になったみたい。それで、思うんか、わからへんけど、異国の地にいて、寂しかったんやろな、と思ってな。ちがうか？」

「時々ね。父にね、『大阪のきつねうどん食べたい』って真顔で言ったこともあるよ」

「ほんまか。ハハハ、元気やん。嬉しいよ。でも、寂しかったんやろ。そんな椿のこと……」

と言いだした時、椿の表情が変わった。

「『椿』って呼んでくれたのね……」と言い始めて、僕の目を見た。

「ずっとあなたに会いたかった」

あなたに……。会いたかった……。

「僕もあなたに会いたかった」

椿は腕時計をちらっと見た。そして、白いかばんを持って、立ちあがった。

「もう行かなあかんのか」

「そう、もう行かなきゃ……」

僕は、自転車をとめ、椿の前に立った。

「猛に会えて良かった」

「僕も椿に会えて良かったよ」

「じゃあね」

「じゃあ」

僕は手を差し出そうとしたが、なぜかできなかった。彼女の表情はさっきと違っていた。僕もそうだろう。椿は、改札口を通り過ぎる。僕は構内に目をやる。ホームの屋根の薄緑色の柱は両側に立っており、それらは重なり、薄緑色の短いトンネルのように見える。そこを椿は今、足早に通り抜けようとしている。後ろ姿が小さくなっていく。多奈川駅を待ち合わせの場所にしたのは、彼女のことだから、他に何か理由があるのかもしれない。しかし、終着駅は始発駅でもある。明日から僕らは高校生だ。これから二人とも別々だが、新しい道を歩んで行く。なぜか住所も聞かなかった。始発の多奈川駅から彼女を見送ろう。

発車のブザーが鳴り響く。多奈川線に急いで乗る椿。こちらを振り向かない。電車が発車する。もう二度と会えないかもしれない。そう思うと、急に顔を見たくなった。黒曜石の視線に触れたくなった。僕は自転車に乗って多奈川線を追った。深日港駅はすぐそこだ。間に合わないことはない。全力で自転車のペダルをこいだ。前方を見ると今にも電車は深日港駅を発車しようとしている。もう少しで追いつきそうだ。

カンカンカン　カンカンカン

踏切のところで電車に追いついた。電車は踏切をゆっくり通過する。

カンカンカン　カンカンカン

椿の横顔が見えた気がした。多奈川線は緩やかな上り坂をゆっくりと進んで行った。

引用文献

(1)(2) 茨木のり子「おんなのことば」童話屋
(3)(4) 寺山修司「寺山修司青春歌集」角川文庫
(5) 万葉集12巻３１０１を参考
(6) 万葉集12巻３１０２
(7) リュ・シファ「君がそばにいても僕は君が恋しい」蓮池薫（訳）綜合社

注釈

（※1）タチウオの別名。特に泉州や和歌山の漁師の一部で呼ばれている。

（※2）古代、朝鮮半島の国を呼んだ名。韓国《からくに》。

（※3）ソウル大、高麗《コリョ》大、延世《ヨンセ》大のこと。それぞれの頭文字を取ってつくられた造語。

中村　勲（なかむら いさお）

1954年、大阪府岬町生まれ。関西大学経済学部卒業。
1986年、地球塾を開塾し、現在に至る。

多奈川線

2024年12月13日　第1刷発行

著　者　　中村　勲

発行人　　大杉　剛
発行所　　株式会社 風詠社
〒553-0001 大阪市福島区海老江5-2-2 大拓ビル5-7階
TEL 06（6136）8657 https://fueisha.com/
発売元　　株式会社 星雲社（共同出版社・流通責任出版社）
〒112-0005 東京都文京区水道1-3-30
TEL 03（3868）3275
印刷・製本　シナノ印刷株式会社

ISBN978-4-434-34944-7 C0093